塩野 浩子

歪《ひずみ》

神戸198X

牧歌舎

歪《ひずみ》

神戸198X

歪《ひずみ》

神戸198X　目次

暗闇の歪《ひずみ》……5
無音《しじま》の歪《ひずみ》……31
輝きの歪《ひずみ》……47
歪《ひずみ》から……87
砂丘……125

暗闇の歪

くらやみのひずみ

自分でもよく分からないあの不思議な感情におされるままに彼のマンションを飛び出したのは、まだ冬将軍の足音もかすかな予感に過ぎないようなころだった。あれからの寒い季節をひとりで迎え、過ごし、そして送った。いつの間に、コートも着ずにここちのよい日差しと満開の桜の中に春を知り、やがてふと気付くと、いつしか舞い散る花びらの中で彼のいない二つ目の季節を過ごそうとしている。

週末になるとかかってくる彼からの電話は続いている。去年のうちは、よりを戻そうと言う彼にもう少し考えさせてほしいと言う私の押し問答が続いていたけれど、今年になってからはその話題にはお互いにふれなくなった。ありきたりの世間話や近況報告。二人が当たり前に恋人どうしだったころとまるで変わらない。ただいつも必ず一度、彼は何か言いたげに私の名前を呼び、そして黙り込む。流れる沈黙の中で言葉にならない思いが二人の心を行き来する。そう長くは続かないその沈黙が、忘れそうな今の二人の問題を見せつけてくる。彼の心の切なさを押しつけてくる。たぶん彼も、私の困惑に迫られるように心を痛めているに違いない。それでも彼は呼びかけてくる。

最近、私はその沈黙にほっとしたものを感じている自分を見つけた。彼からの電話を待つようになっている。少し電話が遅れると不安になる。恋人でいることに迷って飛び出したのは私で、よりを戻してまた二人でやっていこうと言っているのは彼だ。しかもそれに応えられもせずに、彼の心がこちらを向いているのをいいことにいつまでもぐずぐずして、相も変わらず自分で自分をもてあましているのは私。飛び出したあの時から二度と彼とは会えなくて当然のはずなのに、彼の存在は当たり前のまま続いている。電話が遅れるだけで不安なら、彼の心がどこかほかを向いたとしたら……そう考えると情けなくなってくる。

飛び出したときにも彼のいない生活は考えてなかった。そしてそのまま会っていないものの、ずっと彼は私の生活の中から消えてはいない。あの時の行動が間違っていたとは思わないけれど、あのまま彼と全く縁を切るつもりもなかった。勝手なようでも、そこまでは考えていなかった。

もしそうなっていたとしたら、私はどうしていただろう。今はもう会わないことには慣れた。けれど週末の電話にも慣れている。果たして、全く彼のいない生活にも慣れることができるのだろうか。あのとき、あのまま彼が私の生活から消えていたら、たとえ後悔したとしても否応なく、そう、自分でやらかしたことなのだからひとりでやってゆくしかなかっただろうけれど、今となっては二つの道があり、そして私が選ばなくてはならない。

こういうことはとても苦手だ。私はいつも、どちらかと言えばええい面倒だとばかりに先に賽を投げ、自分で引っ込みをつかなくしてから何とかやってゆく。ぐずぐず悩むより、あきらめや後悔を賽を投げた勢いで自分の選んだことへの自信にしてしまい、突き進んでいった方が楽だし、何だってやってやろうと思えばどうにかなるものだ。

彼は知っているのだ、そんな私のたちを。だから懲りもせずに電話をかけてくる。勢いをそいで、そして沈黙を投げかけ、私に落ちついて真実の答えを出させようと、真実を考えさせようとしている。追い詰めないために、強くは迫らずにいるのだ、きっと。

いつまでもこのままではいられない。

木曜。明日にはまた彼から電話があるに違いない。明日の沈黙はせめて少しは変わった色にしなければと、焦りにも似た気持ちで思う。

街に力を借りよう。街の全部を視界におさめ、街と話そう。そうすればきっと街は何かを変えてくれる。今までそうしてきたように、困ったときには街に聞けばいい。そうだ、そうしよう。

朝から急ピッチで仕事を片付け、七時には会社を出た。

帰って車に飛び乗り、滑り込んだ八時半の国道二号線。この時間の風景は目に新しい。

沿道に並ぶビルにはまだ人々が働く姿が見え隠れし、どの窓に見える光も活気を失ってはいない。街は白く明るく、ネオンサインのデコレーションにときめきをちりばめて瞬いている。

重たい。ずっと重い荷物を抱え続けているように、考えても分からなくなるばかりで、ついにはぐちゃぐちゃにこんがらがった大きな問題に、ドーンと腰を据えられた頭のど真ん中。ただ漠然とそれをながめて困り果て、溜め息をついている。街の明かりにそれが大きく映し出されるようにクローズアップされ、まばたきに照らされて、いやみな笑いを浮かべ出しそうな不気味さだ。

活気と疲れ、笑いと涙、富と貧しさ、街はありとあらゆるものを紙一重に、そして背中合わせに抱え持っている。その中を擦り抜けるように、時にはそのどれかに身を寄せたり巻き込まれたり、そうしながら、人々は生きている。

ここではすべてを手に入れることもすべてを失うこともできる。それどころか、どう感じるかということまでもが自分次第。

考えたって分からない。何を考えるのかも分からない。新しく何かを見つけるか、思いつくか、それしか私には、もうできなくなっているのだ。

相談した友達は分かってくれた。けれどそこから先、これからのことはやはり自分で決めるべきだと言った。あれやこれや言ってみたところで詰まるところ何とも言えないと言う。確かにそうなのだ。彼女のいうとおり、だれにだって話を聞くことや何とか私の心や行動を理解することはできても、これからのことは決められない。

何もかもがあり、そして何もないこの街の中ではつかもうとしなければ、求めようとしなければ、何も得られはしない。問わなければ街はそっぽを向いて何も教えてはくれない。待っているだけでは手をさしのべてはくれないのだ。

車の流れのままに、頭を空にしてただ走る。私はここが好きだ。生まれ育ったこの街が好きだ。


六甲山は芦屋から上るのがいい。通行料は少々高くても、それだけの景色を持った道だと思う。芦屋川沿いに北へ上がり、うねる道をこなしてゆく。

芦有有料道路に入って少し行く辺りから途切れ途切れにある桜並木は、誇らしげに満開の花々を掲げていた。ヘッドライトを上目にするとこと鮮やかに夜空に浮かび上がり、本当の桜の美しさを見せてくれる。この桜を見にこの季節、幾度この道を来ただろう。俗に言う花見が嫌いなわけではない。空を隠す程の満開の桜の木下で騒ぐのも楽しいけれど、本当にそれをめでるには、ここが一番いい。車は停めずにゆっくりと桜のトンネルをくぐり抜ける。

地上では葉桜の下に宴の後のゴミの山がむなしく散らばり、騒がれていた木々も冷たくされ始めるころ。人々がこぞって花見にいく公園などより本数も少ないけれど、それほど長い並木道でもないけれど、ゴミも提灯もざわめきもない自然の姿で、短く途切れ途切れの、まさしく夢の世界をここに創っている。夢はひとりでみるもの。夢は儚いもの。夢の中で立ち止まれはしない。

奥池はその夢の途中にある。

夜には、何も見えない。私はここの昼の姿を見たことがない。窓にシャンデリアの明かりを映す別荘や洒落た家々の立ち並ぶ山中の小さな街並み、停車しているピカピカの若い外車。ドラマを見るようなこの景色に、ありきたりの人々の姿を見たくはないと思う。第一ここにはそんな目的で来るのではないのだから。

その地名となった奥池は、しんとした静寂の中で街灯に囲まれ、眠るようにそこに横たわっている小さな貯水池。人も車もめったに通らないその暗闇の中で、寝息のようなさざなみの声と、息を潜めた風の囁き。そこに立つと人間が自然の一つだったことに気付くように心が融けてゆく。車を降りて池のほとりにたち、心を澄まして全身の力を抜くと、自分という意識から離れるようにその存在の意味さえが消えてしまう気がする。夢の合間の深い眠りに就ける場所。

以前、彼と並んでここに立った時、肩を寄せ合った二人がまるで一つの物体のようにも思え、そのまま気を失いそうな不思議な陶酔に襲われたことがあった。彼はそれを、ただ二りっきりでいることに酔っているだけだと言った。けれど私の人間は自然と一体化できるという話にはまじめに耳を傾け、考えていた。不思議な感性を持った人だとよく言っていた。決してバカにはしなかった。むしろそんな私を最も人間に近い人間だと言ったことがある。自分が人間で、人間は動物で、動物は生物だという理屈を、感性で、心で、体で知っている珍しい人だと。

さざなみは、あのころと何も変わらずに囁いていた。多分これからもずっと変わることなく囁き続けるのだろう。

奥池を出てすぐ、今度は少し違った夢を見られる。右手眼下に広がる夜景。それを見下ろすようにぽつりとある一本の桜。左わきに車を寄せて、木に向けてライトを上げる。その中に立てば、夜景をバックにスポットライトをあびた私が桜とともに夜に浮かぶ。彼が好きだった一場面。

ここを発見したのは彼だった。上り始めてまず見える夜景に、車を降りた私をいたずらに照らした彼が、まるでスターだと大はしゃぎしていた。きれいだの何だのという褒め言葉の連発に閉口しながらも内心うれしかった。自分が美しく夜空に浮かびながら夜景を見ている。ここではきっと私は夜景を見ているのではなく、そんな自分を見ている。ほんの少し夢の途中で立ち止まってみる。

立ち止まれないはずの夢の途中にそれを許してくれる、彼が見付けた夢の木。

当たり前のコースは、その先のパーキングエリア。さっき立ち寄った奥池が下に見える。向こうに遠く広がる夜景。

街が生きているのが分かる。これは景色ではなく、生き物の姿だ。

どれだけの人々がこの視界の中にいるのだろう。どれだけのドラマが、人生があるのだろう。この、私の視界の中で、今人生を終えようとしている人もいるはずだし、この世に生をうけた人もいるだろう。人生のまっただ中、泣いている、笑っている、怒っている、願っている、苦しんでいる。あの中に、いつもは私も息づいている。この中に彼がいる。

東に見える空港はすでに息を潜め、ハイウェイのオレンジのライトが東西に横切り、海は深く眠っている。そんな街を無数の人生の心のうねりが波動となって、目まいがするような勢いで駆け巡り、空へと向かって渦巻いている。

この街で彼と出会った。そして過ごした。ここへ来ると無差別に飛んでくる波動を一身に受けて揺さぶられるようにすべてをかき乱される。街からの、意識になる前の心の原子が飛び乱れ、ぶつかり、核爆発を起こすように私の心に反映していく。街の力に襲われて、私の中に腰を据えている憎たらしいこの問題も、顔色を変えてうめき出している。

ここは街と話せる場所だと言ったら、彼は黙っていた。街の勢いに押されてしんどくなると言ったら、まるで対決だなと笑っていた。それでも分かるような気がするよ

暗闇の歪《ひずみ》

と、じっと街を見ていた。私といると自分の感性が狂ったようになっておかしいよと言っていた。忘れ去られていた何かを思い出すというよりは見つけられる、きっと本当は自分も持っているはずのアンテナを見つけて伸ばせるような気になると。

「でも、夜景を見てしんどくなるのはごめんだな」

「それならもう少し行けばいいわ」

ここに停まっている車には、たぶん二人連ればかりが乗っているのだろうと考えながら見回してみる。彼のことをたどりながら街と向かっているうちに、紙コップのコーヒーが冷めてしまった。

ドライブウェイを山頂へ向かう。夜景は幾度かその姿を右へ左へと移しながら遠く下がってゆく。自分は、ただうねる道をこなすために運転に気をやっているし、山の中では方角も分かりにくい。現れる夜景に自分の向きを知る。動かないはずの街を、右に来た左に来たと動かしながら道しるべにして進んでゆく。

「不思議ね」

「今度は人生観か？」

「そんなんじゃないけど」

「でもそうだよな。勝手なもんだ。人のせいにして目先しか見えてなくてさ、自分のことには気付かないいんだ」

そんな、やけにまじめな会話も交わしたことがあった。けれど、確かに私が感じていたのは彼が言ったようなことだった。照れくさくて言えなかったことを不思議ねの一言で私はごまかしてしまったのに、彼は言ってのけた。

教えてほしい。一体何なの。どうすればいいの。彼をたどっていけば思い出が背中を押す。彼ほど私のことを分かっている男がほかにいるだろうか。じゃあ、どうしてあのときに彼が他人に見えたんだろう。彼の言ったように、いたずらにひとりになりたかっただけなのだろうか。

遠くなった街を眺めてみる。街に揺さぶられた問題は、もうどうでもいいような顔をしている。うねる道をかわしている時はそれに夢中で一つかわすごとの小さな疲れは感じないのに、気がつけばくたくたになっている。くだらない小さなこと、自分でも嫌だと思うほどではないことを、少しずつ積み重ねて、やり過ごして。何にと言うわけではなく、自分でも気付かない小さな嫌なことが、私の束になった神経の一本ずつをプチンプチンと切っていたのかもしれない。

そうだ、あの日はシャワーのつもりでいたからお風呂を洗うつもりはなかった。彼がそろそろ寒くなってきたから風呂にしようと言い出した。嫌というわけでもなかったけれど、シャワーでいいじゃないという気持ちもあった。確かに面倒くさいとも思った。いちいち取り立てて言うほどのことでもないことだし、私がシャワーにしようと言えばそうなっていただろう。そんなどちらでもいいようなことでも、ささいなことでも、私は黙って彼に譲ったことになった。それは、ばかばかしいほど小さな我慢、自分でも気づけないほど小さな嫌なことだったのだ。

そして、私の神経の最後の一本がプチンと切れたに違いない。

街からの心の波動に気をやる。ここまで来るともう大丈夫。じっと心を澄ませ、自分と合う波長の波動を探して感じ取り、自分の心の波動をそれらに向けて同調させ、共鳴させてゆっくりと安心してゆける。

「お前、人工衛星みたいなやつだな」

「波動のこと？」

「俺には分かんないね。感じないよ。お前に言わせれば感じようとしないからなんだろうけどさ」

「私だって分からないわよ。ただね、夜景を見るとほっとするのはどうしてかなって思って考えてみたの。そうしたらそんな理屈が出てきたの。そう考え出したら何だか近いところで、ほら、奥池の辺り。あの辺りから見ると妙に疲れるようになったのよね。だから本当はそんな気がするだけなのかもしれない。友達が言ってた。私は夜景を見て育ったから、地元を離れて暮らす人が里帰りして郷里の風景を見てほっとするみたいに、ただ懐かしいんだろうって。彼女はね、きれいだって軽く感動はするけど、ほっとはしないって。私はロマンチストなんだって」

「でも俺、そっちの方がいいな。そういうの感じられる方が」

「面白いから？」

「それもある」

「結構現実主義だもんね」

「お前は心主義とでも言うのかね」

「何、それ。そんなんじゃないわ。楽天家よ、私」

「そうだな、地上じゃ現実的だしな」

「地上ね……」

「……感じられるかな、俺にも」

「分かんない。でも感じてほしい」

「ベッドの上で？」

「バーカ」

忘れてない、ここでキスした。街に包まれて、夜に覆われて。彼はそれから幾度目かのここで、心の波動は確かにあるよと言った。


凌雲台のパーキングエリアも、だれもが来る六甲山のお決まりコース。平日でも休日でも何台かの車が停まり、ホットドッグ屋も店開きしている。

昼ならここの回転展望台から、奈良、和歌山、四国まで見渡せるらしい。私はもう十年も昔、一度上がってみただけだ。けれどその日は空の機嫌が悪く何も見えなかった。そう言えばそのときも彼と一緒だった。ただ、まだ恋人どうしではなかったけれど。

「あのころから、変なヤツだと思ってたよ」

「どうして?」

「コンパで会って、ちょといい女だったからデートに誘ったけど、なんか変だったたな。景色が見えなくても安心していられるのは、それがそこにあるって知ってるからで、もしこれが何かの拍子で迷い込んだ所なら、下に何があるのか分からなくて不安で仕方ないだろうなんて言うし。それでも地面は続いてるさって言ったら、地球の常識でしか考えてないってへ理屈言うし。六甲山に行きたいって言うところまでは普通の女の子だと思ったのにね、展望台では可愛くないヤツだと思ったよ」

「まだ肩ひじ張ってつっぱってたころよ」

「そのくせ素直に何にでも感動するし、痩せの大食いだなんて言いながらメシはうまそうによく食うし。珍しいだろ、初めてのデートでバクバク食うヤツなんてさ。面食らうやら気持ちいいやら、わけ分かんなかったよ」

「それが愛の始まりよ」

「バカタレ。俺はね、宇宙人と遭遇したと思って面白がってたの」

「それでも恋人どうしになっちゃったじゃない」

「コクーンの世界だな」

喫茶店に邪魔されて車からは景色が見えない。建物の横から通じるバルコニーにはベンチが並び、今夜も夜景を楽しむ人々がいる。ますます遠くなった街からは心の波動の届きもかすかになり、今度は一方的に私が街を抱えられる。

彼との歴史は長かったんだ。客観的に自分の生きてきた道のりを見ることを忘れていた。出会ったころにはお互いまだ心には別の人が棲んでいたし、男女を超えた友達のようだった。あまりにも長すぎて、安心しすぎて慣れすぎて、心のどこかで革命分子が反乱を起こそうとしたのかもしれない。その反乱に巻き込まれて、意味ばかりを追っていた。どんどん自分を追いつめて、自分の仕掛けた罠にはまりこんでいる、そんな気がしてきた。

考えるのに疲れたのかもしれない。元に戻った方が楽に決まってる。あのときの、訳の分からない感情や行動に、理由さえつけてしまえば納得して元のさやに収まれる。彼に恋ができなくなったと思ったのは、ただの隣人になってしまったと思ったのは、小さな嫌なことの積み重ねや心の反乱なんかじゃないかもしれないけれど、そうだと思えば楽になれる。楽天家の私が顔を出して、それでいいじゃないのと言っている。

街が黙ってしまった。ただの景色になろうとしている。私の心が扉を閉じようとしている。

凌雲台を出て、六甲山ホテルの前を過ぎる。いつだったか雷のひどい夏の日にここへ来た。ちょうど雨も上がった宵の口、ポートアイランドで花火が上がっていた。雷は空の色まで明るく白く変えて、壮大に天を翔ているのに、花火は夜景の中のアクセントにすぎなかった。

「雷が鳴るから登りたいなんて狂気の沙汰だな」

「どうして？」

「花火を上から見ようって言うなら分かるよ。雨も上がったし、今日は祭りだし、視点が変わって面白そうだし。でも、ねぇ……」

「花火なんてほら、ちょっと上から見ればあんなに小さくなっちゃうんだから。でもね雷は人間が地に足着けてる限り、上がれば上がるほど、どこまで行っても大きく見えるのよ。スケールが違うんだから。おんなじ見るならけた外れに大きい方が気持ちいいじゃない」

「相変わらずかわいくないね」

「相変わらずかわいいね」

彼は笑っていた。それでもそれ以来、雷になると上りたがるのは彼になった。

表六甲ドライブウェイに入る。料金所を過ぎると間もなく車は夜景に向かって滑り込むように走る。かと思うとただの山の中。ヘアピンカーブを切り抜けて、気付くと六甲新大橋をくぐろうとしている。知らないままに渡り、過ぎてからその姿を現す橋。そしてすぐ見える夜景はもう目の高さにまで届こうとして、とぎれては姿を現し、そのたびごとに私はどんどん吸い込まれるようにその中へと沈み込んでゆく。

橋、知らない間に渡ってしまうあの橋。料金所を過ぎた辺りでは確かに遥か下にあった街が、そこを過ぎると近くに迫っている。後は街の夜景の一つになりに進むしかない。幾度も続く下りのヘアピンカーブに戸惑う余裕も持てないまま、あれよあれよというちに、下へ下へとまっしぐら。

「この道は下るものだと思わない？　こっちから上ったらおもしろみがないでしょ？　山の中のこんなにきれいな架け橋だもん、意外性のロマンが欲しいじゃない」

「ずぅっと言ってろ」

気付けばいつの間にか夜景はなく、目の前に穏やかな傾斜の広い道が街へと続いている。やがてビルの上に掲げられた看板代わりの大きな真珠の玉が、ここから先、お前も完全に夜景の一つになるのだと教えてくれるのだ。

夜も更けた街は車の量も減っている。数時間前に走った街は、確かにまだまだ元気だった。その中で私の抱えている問題は、ざまあみろと言わんばかりに調子に乗っていた。眠たそうにしている街の中で、今その問題は疲れ切った様子でへたばっている。六甲山に上り、街と向き合い、力を借りて彼をたどり続けた。時が経てば思い起こせるのは楽しかったことや自分に都合のいいことばかりになっていくけれど、まだいい思い出にはなってはいないようだ。時は、面影をいつしか手元にある写真にだぶらせてゆくものなのに、写真の顔しか浮かばなくて悲しくさせるものなのに、思い起こしてきた彼はどんどんはっきりとしてきた。こんなことがあったなどと考えているうちに、まるで今、隣にいて話しているような錯覚に陥るほどになった。

本当にこれでいいのかとまだ思う。考えることに疲れたために無理矢理、楽になりたい一心で理由を見つけて納得させたのではないかと疑いが残る。こんな長丁場は始めてだから、疲れ切って何もかも放り投げたくなっている。よくもまあ長い間、後生大事に抱え込んでいられたものだと感心する。私にすれば表彰ものだ。

やめておこう。下手に考え出すと、またこの問題が調子づいてムクムクと起き出してくる。そうなったらたまらない。一からやり直すのはもうごめんだ。ここまできたんだから、ぼやけない面影を無理に追い払うようなことはせずに、半ばヤケクソ、またどうにかなったら、それはその時のこと、面倒なことは嫌い。ここはぬくぬくと、彼のもとへ帰りましょうと、結論づけて自分に言い聞かせた。

暗くなった街を、信号がヒラリヒラリと色を塗り替えている。私も少しだけ軽くなった心でアクセルを踏んでいた。

無音の歪

しじまのひずみ

午前二時の国道は、車もまばらでネオンも淋しい。どうしても海が見たかった。

ふと目覚めると一人でいる。無意識に、隣を気遣って寝返りを打ったとき。どうしようもない空しさに襲われる。セミダブルのベッドの片隅で、必要のない遠慮に起こされた夜。開ける理由のない、この隣のスペースが、淋しさを倍にする。伸び伸びと寝ていたのが、どれほど以前のことだと言うのか。しかも、毎日というわけでもなかったのに。

涙がこみあげた時、どうしても海が見たくなった。我慢が出来ない。

ワードローブをぶちまけて、古い古いセーターをかぶる。鏡をのぞいて髪をまとめ、部屋を出た。躊躇する心など、みじんもない。ひっそりとしたマンションの廊下を走る。恋人に会いに行くときや、デートの帰り、ましてや彼が一緒の時などは、ひどく気遣って忍び足で行くくせに、どうしてこういう時には平気で走れるのだろう。夜中に出入りするのに違いはないのに、人に会うことを恐がっていない。駐車場でもそうだ。エンジンの音は響くことを気に止めない。

彼は一体、私にとって何だったのだろう。恋人というのは何なんだろう。私はどうなんだろう。どうしたんだろう。どうしていたんだろう。どうして別れたんだろう。

たまに走っている車はこんな夜中にどうして街中にいるのだろう。どんな人が乗っているのだろう。終電車にも乗れない働きバチ。遊び疲れた学生達。そんなことを考えるときに、どうして自分のような例を考えつかないのだろう。ただ国道を走りたい人だっていてもおかしくはないのに、そうは考えられない。突然海が見たくなって、パジャマを脱ぎ捨ててここを走っているなんて、あの車の人たちは想像出来るだろうか。カセットもラジオも聞く気にはなれず、信号の色に染まる街を目に映しながら、本当に何も考えないということは、出来ないものかと思う。

恋人と別れた理由はとても簡単だった。彼に恋が出来なくなったから。それは自分にとっては、真実の理由だったし、正しい選択だったと思う。でも、誰も納得してはくれなかった。恋しているから恋人なのに、それを誰もが見逃している。

　恋の初めはときめいていた。彼といると時計がとても早く進んでいたし、ずっと一緒にいたいとまでは思わなくても、また会いたいと強く思えた。それがいつのまにか、時の流れが一人でいるときと同じ早さになってしまった。週末に会うのは当たり前になり、ときめきを忘れた心は、会話を減らしたけれど、沈黙に気まずさを感じもしなくなった。たとえば週末の残業。そんな日には、疲れて帰りつく自分の部屋の灯りが心に重く、うんざりとして心で呟く。

「灯りの中の、その人は何なの？」

　それでも彼と過ごす方が、疲れは早くとれてしまうし、翌日の休みには、もう笑っている。昨夜感じた重さはない。同じベッドの、この人は、私の恋人。

　国道を南へそれると、一瞬にして世界が変わってしまう。先の見えない、倉庫に囲まれた道。同じ色の海へと続いている。突き当たりはない。ほんの少しの不注意で、光のない世界に届いてしまう。

車を海に向けて、ギリギリに止めた。誰もいない。窓をあけると、潮風は髪をさらい、寒さに顔がこばわった。

ここにくるとどうして気持ちが楽になるのだろう。子供の頃から来慣れた場所だからだろうか。違う。行き慣れた海は他にもいっぱいある。それでもこんな時には、ここでなくてはいけない。海水浴場の浜辺や、国道沿いの海ではない。この波止場のこの場所。私は海が見たかったたんじゃない。そう、ここに来たかったんだ。

ある日突然、彼が普通の人になってしまった。そう言うと誰もが不思議がる。けれど嘘じゃない。私にとって、特別ではなくなってしまった。本当に突然。

あれは寒くなり始めた頃。会社帰りに、ふと目をやったショーウィンドウに呼ばれて、デパートに立ち寄り、彼にセーターを買った。バーゲンのワゴンからではなく、メンズフロアのブティックで、似合いそうなものを時間をかけて選んだ。買ったときは嬉しかった。彼の喜ぶ顔が目に浮かんで、自分でも満足していて、だからレディスフロアへも足を向けて、自分にも帽子を選んだのに。二つの大きな包みを抱えて、いつものコーヒーショップにも目もくれずにいそいそと彼のマンションへ向かった。電車の中では、だらしなくゆるんだ自分の顔をふと窓に見つけて、思わず下を向いてしまった。彼の部屋では、予想どおり、彼は嬉しそうに袖を通したし、とてもよくにあっていた。私も帽子をかぶってみせると、彼はそれも嬉しそうにほめてくれた。いつものように水割りを飲みながらビデオを見て、すっかりくつろいで、久しぶりに幸せな気分にひたる。何かいいことがありそうな予感さえ感じさせるいい気分だった。

「今日は風呂にしよう。シャワーじゃ、もう寒いだろう」

キッチンの彼が、チーズを切りながら言う。

「そうだね」

当たり前のように私は答えてバスルームへと立った。その時。

（どうして）

私はそう思ってしまったのだ。なぜそう思ったのかはわからない。いつでも、お風呂の用意は私の役目。なのに、その時に、そう思えた。どうして当たり前に、二人で過ごしているんだろう。振り向くと彼は、鼻歌混じりにチーズを皿にのせている。そんな彼が何故か他人に見えた。どうしたんだろう。過ごし慣れた彼のマンション。その中にいる彼と私。どうしてこの、見慣れた風景までもが不思議なんだろう。

それでも私はバスルームを洗い始める。洗剤をスプレーして、まず、バスタブを磨く。スポンジを動かしながら、そんな自分までもが不思議に思えてきて、頭がおかしくなりそうになった。

ただ暗い海をながめている。車が一台少し場所をおいて停まった。こんな時間に、こんな場所に、何をしに来たんだろう。人目を忍んでアベックがたどりついたんだろうか。こういう時も、自分と同じような人間が来たのかとは思わない。見れば男一人。変な奴。自分は変ではなくても、他人は変な奴にしてしまう。どうしてだろう。それもおかしい。意味もなくパッシングをしていたのをやめた。変な奴は私を変な女だと思っているのだろうか、どうしてここへ来たいと思ったのだろう。来て何がある訳ではないのに。何もないのに。そうなんだ。何もないんだ。光のない道を通って、三方を海に囲まれた突堤にたどりつく。振り向けば、来た道は夜の闇に消されている。ここにはここの空気には、乱れがない。すぐ向うの人工島も、さっき走ってきた、ほんのそこにある街も、ここととは世界が違う。

バスルームを磨き終え、シャワーのコックをひねる。泡を排水溝へと追い込んでゆきながら、私は、彼が普通の人になってしまったことに気づいた。嫌いになったのではない。好きとか嫌いとか、そういう人ではなくなったのだ。そう、ちょうど隣に住んでいるオジサンのように。会えば挨拶をして、短い会話ぐらいは交わす。いい天気だとか、風が強いとか。けれど、好きか嫌いかなんて、そういうのではない。彼が、隣のオジサンになってしまった。

ゆっくりと上がってくるバスタブの中の水面を、ただ見つめていた。やがてそれがあふれ出したとき、私はどうしても、このバスタブにはもう入れないと思った。バスルームを出て、手足を拭いて、とにかく荷物をまとめ始めた。不思議がる彼。当然だと思う。けれどどうにも出来ない私。説明など出来はしない。理由がないのだ。本当に、一番不思議なのは、この私なのだから。いつもの、うんざりとした気持ちではない。確実に違う。プロセスも理由もなく、まるで自分の心が、何かの間違いで誰かと入れ替わってしまったかのように、彼に何も感じなくなってしまったのだ。止める彼を振り切って、逃げるように部屋を飛び出した。恋人は、恋しているから恋人なんだ。恋できないなら、恋人でいてはいけない。エレベーターの中で、やっとそんな理由を見つけた。彼は優しいいし、不満だってそう無いし、このままゆけばきっと結婚すると思っていたし、第一彼のいない生活は、その時に考えてもいなかったけれど、マンションのエントランスを背にしたときには、妙にすっきりした気分だった。タクシーの中では、もう仕事のことを考えていた。これで良かったのだと思った。心をどこかへ置いて、あのまま彼といつものように過ごすことは出来ただろうけれど。

海と空の区別がついてくる頃。変な奴はあまり長くはいなかった。空気が乱れ出す。人がそれぞれに、その時時に発している気配にも似た波動。それを私は感じてしまう。心がナーバスな時にはそれに揺さぶられてイライラしてくる。何がどうというわけではない。どんな波動ともいえない。ただ、それが空気を乱し、その空気が心を乱す。

夜の闇は、ここを孤立させ、世界を分けて波動も遮る。人工島のネオンも、街の夜景も、見えてはいても、こことつながってはいない。だから、闇に包まれている間は、ここの空気は乱れないで止まっている。そういうところでは、脳も心も刺激されないから、自分がとても解放される気がする。だからだ。何もないから、空気が止まっているから、ここに来たいんだ。だからここでは楽になれるんだ。自分が乱されない。さっきの変な奴も、同じものを求めてここへ来たのだろうか。だとすれば、私がいたために、彼が来た時にはすでにここの空気に乱れがあった。何もないはずのここが、私の波動で、彼にとっては乱されていたのだ。それであの男はすぐにここを去ったのだろうか。

あれ以来、彼からは納得できないと、何度も電話がある。恋できないなどと、理由にならないと言う。嫌いになったのかと問われれば、それは違うし、隣のオジサンになったのだと言えば、理想的だと返ってくる。長く付き合って、お互いに、いいところも嫌なところも分かり合えば、強く想い合う心も薄れる代わりに、安定した心で、多少の甘えも許し合える。信頼関係が強くなる。好きだ嫌いだというのではなく、当り前にそばにいられる関係なら、それが一番いいじゃないか、と。一人になって淋しいのは、お互い必要だからだと。

けれど私にはまだ分からない。それほど強く説得されれば、彼の熱心さからか、そうなのかしらとも思えてくる。けれど、彼の言うのは、あのときより以前のことだと思う。当り前にそばにいられないから、飛び出したのだ。あの時に何が起こったのだろう。あの瞬間。彼が他人に見えたあの時。となりのオジサンは、多少の甘えを許し合えるような関係でもなければ、信頼関係などもない。彼が言うのは、恋が愛になった場合のことだと思う。私の、今回の場合は違う。絶対に違う。恋がなくなったのだ。誰だって一人は淋しい。当り前に自分の生活の中にいた恋人がいなくなれば、嫌いになって別れたとしても、淋しいだろうし、たとえ相手が恋人でなくたって、人間でなくたって、いたものがいなくなれば、淋しいに決まってる。

いたずらな心で一人になりたかったに違いないという彼の言葉にも考えさせられる。そうなのだろうか。自分でも分からないうちに、心のどこかに疲れがたまっていて、少しの間、何もかもから解放されたくなったのだろうか。潜在意識のそんな部分が、何かの弾みで顔を出してしまった。それだけなのだろうか。あの時、あの瞬間に、自分の中で、自分の心の知っているところと、知らなかったところが入れ替わってしまった、そういうことなのだろうか。それは一時的なものなのだろうか。また何かの弾みか、それとも時間を友としてか、それでも元に戻るのだろうか。

見えない。自分の心が、見えない。

どうすればいいんだろう。私は本当は、一体どうしていたのだろう。本当に彼に恋が出来なくなってしまったのだろうか。だとしたらどうして。何かがあったのなら私にも分かる。けれど、きっかけも何もなかった。彼も私も、いつものように、当り前に二人で過ごしていた時間の流れの中で、何の理由も、何の脈絡もなく、私にあの瞬間が訪れた。そんなことがあるのだろうか。それとも、ただ、今は心を休めたいだけなのだろうか。それにしても同じ、きっかけが、無い。しかも、もしそうだとしたら、何故、私はそれほど休みたいまでに心を疲れさせてしまったんだろう。何かを我慢していた訳でもない。二人で、当り前に過ごすことが、嫌だった訳でもない。もちろん、お風呂の用意が嫌だった訳では毛頭無い。取り立てて二人で取り決めたこともなく、いつのまにか、分担が出来上がっていて、それも、その時時にどういうでもなく変わることもあった。疲れている週末に、一人になりたいと思うことはあっても、翌日には、やはり二人でよかったと思えていたし。彼に疲れるようなことは思い当たらない。けれど、もしそうなら、今回のことがどうにかおさまっても、また同じことを繰り返すのだろうか。何故疲れたのかが分からないままに、また、あの時と同じ瞬間がやってくるのだろうか。

自分のことなのに、自分自身の心なのに、どうして自分で分からないんだ。分からないから、どうしたいのかも分からない。何がどうだから、こうなったのか。そしてどうしたいのか。私は、どうしてしまったんだろう。

朝陽の中に、来た道は街へ続く姿を現し、海との境界をはっきりとさせる。私のいる、この場所の、つながっている世界が、完全に変わってしまった。

街はもう動き出している。車を国道へ向けてアクセルを踏んだ。

私はこれからどうするのだろう。

輝きの歪

かがやきのひずみ

地球を頭に浮かべて欲しい。

海は大地に接し、大気とも接している。大地も海と大気に接し、大気は海と大地を覆い、そして真空の宇宙の中にある。

海は冷たい。海に面している大地や大気もその温度に近しく冷たい。けれど、大地の奥深くには何物をも溶かし得る高温のマグマが渦巻き、大気の向こうの宇宙は恐ろしく温度が低い。

それら、海や大地や大気が接するところでは互いの摩擦で汚れ、浄化され、乱され、整えられ、音をたて、静まり返り、奪い合い、吸収し合い、お互いに単独では存在し得ず、またある意味では単独でしか存在できない。けれど、共存し合うところからしか何も生まれはしない。

共存の美しさは無限に拡がり、単独のそれはそこにとどまる。

接点を持ちながら、違う面でまたほかのものと接し、巡りながら単体としても存在する。接するところから遠いところではそれを知らぬように単体の顔をし、接するところでは泣きながら、笑いながら、怒りながら、互いが混在している。

互いが異質だから必要だといえばそれも可、互いが異質だから不必要といえばそれもまた、可。

頼り合わず、背き合わず、混ざりきることもなく、そのくせそれらすべてが一体としても存在している。


電話を抱えるように机に伏せて、ひきつりながら泣き続けていた。どれぐらい泣き続けていたのか、さっきの彼からの電話は何だったんだ。彼が私を残して行ってしまう？　アメリカに転勤？

とてつもない脱力感に襲われて、頭も体も全く動かない。まるで死んでしまったようだった。視覚と聴覚だけの世界に入り込んでしまったように、何も感じられなくなっている。

闇の中に浮かび上がる見慣れた自分の部屋が、無機質に私を囲んでいる。雨の音だけが聞こえる。時間は止まり、物音が絶え、雨音だけが濃い気体のように辺りにたちこめて、私を圧迫している。

恐ろしく寂しい。

ほらそこに、涙に汚れた私の顔が見える。窓の外からのしんとした微かな白い明かりに映し出され、まるで物置に忘れ去られた人形のように、時間に無視されながら泣き疲れて放心し、涙の意味も分からなくなりかけて情けなく転がっている。

悪夢だ。泣き疲れた夢うつつの頭の中で、本当にすべてが夢の中の出来事のように思えていった。


彼が他人に見えたのは半年ほど前。本当に突然のことだった。知らない自分の心が急に現れたように、彼が私にとって特別の人でなくなってしまい、私は戸惑い、けれど、どうにもできずに彼のマンションを飛び出してしまった。そんな心のまま彼と過ごすことがどうしてもできなかったのだ。

彼に恋ができなくなったなどという曖昧な理由がもっともらしく心を占領し、日を追うごとに心は乱れ、神経は高ぶり、混乱はひどくなる一方だった。

最初は驚き、そして怒り、それでもよりを戻そうと説得し続けていた彼がその話題には触れなくなった。けれど週末になると電話をかけてくる。それは世間話と近況報告だけの、恋人だったころと変わらない内容だった。ただ、その度ごとに私の名を呼び、少しの間黙り込む。その短い沈黙が私を追いつめることなくゆっくりと心に語りかけていた。彼は諦めたわけではなかったのだ。やがて私は彼からの電話を待つようになり、強く迫らない彼に甘え、持て余したままの自分の心を見ない振りで過ごしていた。そしてそれは心に少しずつ余裕を取り戻させ、たとえ逃避ではあっても、とにかく混乱からは抜け出せた。

飛び出して、恋人ではいられないと言った私が彼の呼びかけに安心を感じ、彼に背を向けられるのを恐れだしたとき、私は自分の心の真実を考え出す方向へ向かえた。彼をたどり、自分を見つめ、そんな中で次第にはっきりしてくる彼の輪郭に気付いたとき、あのときの訳の分からない感情にも一応の理由付けをして彼のもとへ帰ろうと思った。

「今度の月曜、着物のショウがあるんだけど、行かない？　仕事の鬼もいいけどたまには付き合ってよ」

美容院を経営する彼女からの電話があったのは、彼が日本を発ってから一か月ほど経った夏も盛りのころ。私はと言えば、まだ彼とのことを考えると自分を維持できなくなる状態のまま、狂ったように仕事に没頭していた。

「ポートアイランドの国際交流センターであるのよ。知ってるでしょう？」

あの彼からの電話のあった次の日の朝、私は半ば放心状態のまま彼女に電話をしていた。彼女は言葉の出なかった私の部屋へすぐに駆けつけて来、めったなことでは休まない仕事にも行かずに、一日中私の部屋にいてくれた。十年以上にもなる付き合いは、言葉を選ぶ必要も、心を説明する必要もなかった。好きなように話し、それを受ける困り顔だけで会話よりも確かな安心が得られた。あの日、心を心で抱きしめられたような安心感の中で、私はそんな彼女に甘えていられた。

「行く」

多分、今の私の状態を察しての彼女の誘いは、心にしみるほどうれしかった。

月曜。早くから出勤して仕事を片づけ、今日に合わせて繰り上げたポートピアホテルでの仕事の打ち合わせも彼女との約束の時間までに無事に済ませた。少し早いランチをとりながら、窓からの景色を眺めるスカイラウンジ。すべてが広く、青く、澄み切っている。小さく見える神戸大橋が、辛うじてこの島を遠く横切る神戸の街並みにつなげているように見える。

「待った？」

「ううん。仕事で朝からここにいたから」

「ちょと、いい加減にしなさいよ。だいたい仕事なんてね、知らない間に熱中して、気が付いたら力が入ってるからいいんじゃない。今のあなたみたいな無理は駄目よ」

「分かってる。彼が言ってたわ。焦るなって。私が一番困ってるのは俺が知ってるからって。俺が知ってたらいいんだからって。自分の掘った穴に落ちるな、自分の仕掛けた罠だぞって。お前は仕組みを知ってるんだ、お前しか知らないんだ。だからゆっくり見極めろ。だれも手は貸せない、お前の真実はお前が見つけるしかないんだって」

彼女は黙って聞いている。ふと窓の外へ目をやると、世界が区切られたように向こうだけが輝いていた。

「出ようか」

ぽつりと彼女が言った。

「何時からだっけ」

「面倒くさくなっちゃった。終わるころに行って楽屋に入ればいいわ。どうせ着付けのコンテストなんだから見てもしょうがないのよ。せっかくだしぶらぶらしない？　ちょっと挨拶だけしてくるわ。あなた車でしょ？　私は電車で来たから、三十分後には駐車場の入り口に行くから待ってて」

彼女は席を立つと、そう言い残して去って行った。

私は、ショッピングアーケードへと向かった。その一角に私の好きなアールヌーボー調のランプやキャンドルスタンドが並んでいる。ひっそりと美しく、誇り高く上品に、その小物たちは、確かな内に秘めた輝きを持ってそこにいた。まるで薔薇の花びらの散る音さえ聞こえるほど静かに存在しているような姿に見える。

三十分という時間が、吸い取られるように経ってしまった。

車で待つ。彼女は時間通りにやってきて助手席に乗り込んだ。

「ありがとう」

私がそう言うと彼女の目がほほ笑んだ。

「どこに行こうか」

「どこでもいいよ」

「南公園は？」

「それなら歩いて行った方がよかったじゃなぁい」

おどけて返した私に彼女は笑った。

「そしたらドライブしようか。……安心した」

「え？」

「いや、元気が出てきたみたいだから、よかったなと思って」

「ありがとう」

「もう、いいって」

車は強い日差しの中へと滑りだした。

「本当に造られた街ね。道路は広いし緑は多いし。なんだかきれいね」

気持ちよさそうに彼女が言う。

「ショッピングセンターの辺りなんて、大通りから木と土の階段を上ったら土の並木道よ、それも人工の。タイル煉瓦の歩道もあって、港町にお似合いの絵柄のプレートまではめ込んであったりするんだから」

「どうなのよ、こういう街に飛んでる心の波動は。何か変わってない？　そんな気がするのよ。私はあなたの言う人の心の波動は感じられないんだけど、こんな街じゃ反響の仕方が違うんじゃないの？　造られた街なんだから心の波動の反射も普通とは違って、だから受ける感じも違うんじゃないのかと思うんだけど」

「……それ、感じる余裕もないのよ、情けないけど。でもそうかもしれないね。出来すぎた街だし。なんだか、元気の出る反射の仕方、しそうだね」

「いい加減、しっかりしてよ」

「気持ちが不安定なときは、人の波動がうるさいのにね。変だわ、本当に」

この街は、計算し尽くされたように整い、輝いている。広い道路、ショッピングセンター、マンションエリア、プレイゾーン、公園、すべてが機能的に島を構成している。きっと暮らしやすいだろうと思う。緑が多く、ゆったりとしている。

私が心の波動を感じる余裕もなくしていることは、彼女に言われて初めて気付いた。そういえば、すっかり忘れていた。

彼からの最後の電話から後の私は、まるでおかしい。

「トランプ占いするのよ、最近。学生みたいでしょ。カードをね、一枚ずつ置いていくじゃない。エースが出ないのよ。手が震えるの。おかしいでしょ。……ちぐはぐなカードにあざ笑われてるみたいで前に進めないの。彼のカードがまるで後ろを向いてるみたいで、私のカードまで全然届かないの」

「何それ。本気でやってるの?」

「昔、付き合う前にね、友達だったころに。彼と話したことがあるの。だれでもお互い飽きるものだし、離れていればなおさらだって。忘れちゃうって。それを思い出してつらいのよ」

「泣かないの。なに考えてんのよバカ。トランプ占いなんか信じてどうするのよ。

子供じゃあるまいし」

「信じてるわけじゃないのよ。ただ、そんなことにまで悲しくなって、笑えないの」

自分でも情けなくなる。既に半泣きになっていた。

「私もやってみようか？　うまくいってるよ、私は。でもカードはどう出るか分かんないじゃない。本当にもう、泣かないの。分かるけどね、気持ちは。そういうことじゃないっていうのも分かるけどね、しっかりしてよ」

困り顔で、苦笑しながら答えてくれる。

「分かるわよ、つらいときにはそんなもんだって。でも、いつまでもそうしている訳にはいかないでしょう」

「そうなんだけどね……」

「分かった。今日は全部言いなさい。聞いてあげるから。そのかわり、しっかりしなさいよ。もう一か月もたつんだからね。彼は彼。あなたはあなたなんだから」

確かにそうだった。あれからの私は自分自身がなくなった状態でいる。ひとりで立ってはいない。

「わ！　危ないって、ほら。運転、代わるわ。あなた前見てないじゃない」

いたずらに走っている、緑に覆われた小道。濃い緑、強い日差し。確かに見えている景色は、まるで目と脳がつながっていないかのように運転に何の作用もしていなかった。

車を降りたとき、その暑さに昔を思い出した。

「ポートピアの時も暑かったね」

助手席に乗り込みながら独り言のようにつぶやき、見渡す街並みが成長したようにすっかり変わっていることに気付く。それでいてあのころの思い出が駆け抜けるように懐かしい。

「ねぇ、中学の時に聞いたんだけど、光より早く走ったら過去に行けるって。だから、夕陽の向こうには昨日があるって」

今度ははっきりと彼女に話しかける。

「そうなの？　ちょっとロマンチックね」

「昔ね、すごく綺麗な夕陽を見たのよ。その時にね、走れるような気がしたの。光より早く夕陽の向こうまで。でも実際は足が動かなかった。ぼう然としてね、頭の中だけが夕陽の向こうへ行ってた。で、泣いてた、私。別に悲しくもうれしくもなかったのに」

「そうかもしれないね。もし本当に光より早く走れたとしても、感動的に綺麗な夕陽を見たら足は動かないのかもしれない」

彼女のハンドルを任せて、好きなことを考え、好きなことを話す。今日で少しは前が見られるようになるのだろうか。自分の仕掛けた罠から抜け出せるのだろうか。

「助手席は気楽でいいね、やっぱり」

彼のマンションを飛び出して以来、助手席という場所に座っていないことに気付いた。

「ゆっくりしてなさい。……それより、ねぇ」

彼女の顔が少し厳しくなった。

「なに?」

「覚えてる? 前に私に教えてくれたでこと。『落ち着いて一つ一つ考えなさい。まず分析してみること。素直になって、一つ一つの解決に自分のやり方でぶつかりなさい。そしてゆっくり解きほぐしなさい。こんがらがった糸でも、糸口を一つ一つほどいてゆけば真っすぐな一本の糸だから』って」

「忘れてた。人には簡単に言えるんだね」

「いや、そうじゃなくて。当の本人っていうのは、なんて言うのかな。外から冷静に見るのと視点が違うじゃない。それは大事なことだと思うのよ。そりゃあね、視野が狭くってゆがんでるかもしれないけど、それって生きてることだと思わない？　大げさに言ったら、生きるための視野かもしれないと思うの。すごく大事だと思うのよ」

「生きるための視野、一本の糸、か」

「だってそうでしょ、糸がこんがらがったら最初は全体的にほぐすでしょう。もてあそぶみたいに、こっち引っ張り、あっち引っ張りってするじゃない。いつまでそうしてても大抵はほどけないっていう意味では間違ったやり方かもしれないけど、そうしないと糸の端っこも見つけられないじゃない。いつまでもそうしてばっかりじゃいけないけど、でも、それも大事なんだと思うの。必要なのよ」

彼女の言葉には熱がこもっていた。

「だってそうでしょ、全体的なことをつかまないと、糸口だって見つからないでしょ。何本の糸なのか、どこが一番きつくこんがらがってるのか、分からないもの」

「でも本人の視点は、その、こんがらがった糸の中からのような気がする」

「そうなの、危ないのはそこなのよ。ほぐしてる間にね、そのこんがらがった糸の中に入り込んじゃって糸口を見つけることを忘れるのよ。そうなると、そこから抜けることもできないし、その中にいることも分からなくなってどうにもしようがなくなっちゃう」

車は、ぐるぐると島の中を走り続けている。どの道にも緑が絶えることがない。分離帯や歩道の植え込み、並木、建物に絡まる蔦、空き地の雑草。

「南公園、行って。散歩しようよ。暑いけど。汗かきたい。ねぇ、緑に触りたい。窓の外の景色じゃなくて、綺麗な景色じゃなくて、雑草の生えた、土、見たい」

彼女は車を南へ向け、私は言葉を続けた。

「言ったろ、焦るな。ゆっくりして、回り見回して、な。お前のポリシー大事にしろ。

……彼、最後にそう言って、電話、切った」

「その通りよ。ゆっくりしなさいよ。だから、何でも聞いてあげるから。つかみなさいよ今の自分の状態を、ね」

車を停めて南公園の噴水へ向かう。背丈以上もある木々に囲まれて階段を上る。その葉にそっと触ってみた。

「本物だ。なんかね、造花じゃないかって思ったの。あんまり整いすぎてるから」

「においもするね、草のにおい。懐かしいね」

子供のころはきっとこのにおいに囲まれて一日中遊んでいた。年月はいらないものを身につけさせ、きらめくものを忘れさせていくように思える。

「今、無理に私を連れていっても、お互いいい方向へは向かないって言ったわ、彼。私がはっきりするのをこれ以上待てないし、焦らすこともできないって。私、今はゆっくり考えられる状態じゃないから、とにかく落ち着くまでは仕事でごまかそうと思ったの。逃避でもいいから自分の心を見ない振りで過ごせれば、そのうち余裕が出てくる。そうしたら見えると思ったの。……彼が教えてくれた方法なのよ」

階段を上り詰めると噴水広場に出る。昔使われていたスクリューを中心に、その夢を守るように噴水はその周りで踊っている。スクリューはきっと回りたいのだろう、そう思えた。噴水はそれを慰めているのだろうか。噴水の向こうに海が見える。

「売店に行く？　暑いし日に焼けるわ」

彼女が言った。太陽は高く、一日で一番気温の高い時刻だった。入道雲が真っ青な空にそびえ、夏を強調している。

「帽子、かぶってるじゃない。ねぇ見て、紫陽花が枯れかけて雑草が咲いてる」

売店を通り過ごし、海の方へと歩く。

「今日はよく見えないね。海の向こう」

案内板に描いてある山々は姿を見せず、水平線だけがぼんやり浮かんでいる。私たちはベンチに座った。

「仕事でごまかして落ち着くのを待つのもいいわよ。でも、神経がまいってるんじゃないの？　あなたの方法、限界があるんじゃない？」

「かもしれない。ひとりになるのがつらいの。怖いのね。手紙も書いたのよ、でも出せなかった。バカなことしか書けなくって。気が狂いたいとか、忘れないでとか。情けないでしょ。挙げ句の果てがトランプ占いにタロット占い」

「ほら、ね。仕事ではごまかしきれないんだって」

「ひとりになりたくなくて皆と飲みに行くでしょ、そうしたら笑うことがしんどくてひとりになりたくなるの。タバコだってちっとも吸いたくないのに、吸ってないと落ち着かないの。お酒もそう。このとしになって色恋がらみでこんなになるなんていいお笑いぐさよね」

「それだけ幸せだったんじゃない」

汗がにじみ出てくる。風はほとんどない。

「そうね。写真に話しかけてる今なんて幸せじゃないね。泣きながら何言ってんだか」

ベンチを立って海を右手に歩き出す。頭が働かない。

「脳みそがどっかに行っちゃったよ」

「いいんじゃないの？　捨てちゃえば」

ふと立ち止まって、木々を見ながら彼女は続ける。

「ねぇ、花が咲いてるでしょ。花はね、咲きたいから咲いてる。人が来ても来なくっても。純粋だと思わない？　人間もそうできないのかと思うの。さっき、紫陽花が枯れかかってるって言ってたでしょ。人間だってそうかもしれない。咲いて、散って、咲いて、散って。人間っていう花よ。……ねぇ、自分と和解しなさいよ。純粋な欲望で咲きたいじゃないの。自分が自分だっていうことが一番大事なんだから。そんなことはあなたが一番よく知ってるでしょ、忘れちゃダメよ」

同じように目線を彼女と平行に木を眺めながら、私は、素直になれなかった。

「どんなふうに生きたって、幻に喜んで、幻でかかとくじいて。同じこと、毎日繰り返して。どれだけのことをしたって、どれだけのことを残したって、何年も残らない。顧みる人もいなくなるのが当たり前。あきらめがいっつも傍らで踊ってる。花は散ったらだれからも忘れられて、黙ってどこかへ行かなきゃなんない」

「反抗的ねぇ。怒るわよ。そう言うの、自分でも大嫌いなくせに」

「ごめん。ちょっと言ってみたかったの。そんなふうにも考えたくなるんだ、このごろ」

彼女が苦笑しながら先に歩き出す。

「忘れられたって、知られてなくたっていいじゃない。雑草が咲いてたでしょう？　ペシミストやってみたら？　すぐ無理がくるから。自分の存在、無意味にして、間違いにできる？」

「分かってる。できないよ」

陽が少し勢いをなくしてきている。ポートピアランドのジェットコースターが見える。

「観覧車、乗りたいね。遊園地、行こうか」

彼女がそう言ったけれど、私は首を横に振った。

「ごめん。遊ぶ気になれないわ」

「じゃあ、お茶でも飲みに行こうか」

「あ、そうだ。着物のショウは？　そろそろ終わるんじゃないの？」

「忘れてた。ちょっと付き合ってね。帯結びの写真、撮らなきゃ。よく思い出してくれたわ本当に。脳みそも捨てたっていうのに」

「もぉ……」

私たちは笑いながら車へと走った。


「一緒に来る？　三十分ほどだと思うけど」

国際交流センターの前で車を停めて、降りながら彼女が言う。ピラミッド型の低い塔の側面を、水が凹凸に跳ねながら滝のように流れている。

「あれも噴水って言うのかな、ねぇ」

「もう！　そんなこと聞いてないって。そしたら待っててね。行ってくる」

降りる気配のない私にそう言うと、彼女は走って行った。

その時。

突然、こもった音を重ね合い、もつれ合わせながら響きわたる鐘の音が聞こえた。

私は車を飛び降り、空を仰ぐ。それはそこの西洋風の洒落た半鐘塔の鐘の音ではなく、空の向こうから聞こえてくるように思えたのだ。青空の向こうに、まばゆく輝く教会の幻が浮かんでいるのが見えるような気さえした。夏空の下、暑さに逆らうように荘厳でいて明るい音域を広げながら、鐘の音が歌うように響き渡っている。

私の中で、何かがはじけて飛び散った。身体中に開放感が広がってゆく。心が軽く透明になり、すべての流れを呑み込むように力が抜けていった。

ぼう然として立ちつくす私には、何が私の中を過ぎていったのか、何が私に起こったのか、分かってはいなかった。それはただ時を告げるスピーカーからの鐘の音だったとしても、私からすべてを汲み尽くし、空を翔抜けていった魔術だった。

私が気付いたとき、目の前は開け、まるでモノクロの画面にみるみる色が付いていったような変化があった。空気の躍動や、人々の心の波動を感じている。

打ちのめされたようにぐったりとして、崩れるように車のシートにへたり込んだ。心臓の鼓動が身体を揺らすほど大きく速い。

「どうしたの?」

やがて帰ってきた彼女が、のぞき込むようにして心配顔で聞いた。

「分からない」

私はそう答えるのがやっとだった。

輝きの歪《ひずみ》

「大丈夫？　気分、悪いの？」

「大丈夫。お茶、飲みに行こう。コーヒー、飲みたい」

心配する彼女に、どう説明していいのか分からなかった。とにかく収まりきらない胸の鼓動にあえぎながら、ありのまま、感じたままを話す。

「よかったじゃない」

彼女は笑った。

「きっかけよ、きっかけ。もう限界がきてたのよ、きっと。あなたの中で自己防衛本能が働いたんだわ」

私は戸惑っていた。眺める窓の外の景色も、自分の存在の仕方も感じ方も、確かにさっきまでとは違う。

「何困った顔してるのよ。私がこんなに喜んでるのに」

みなと異人館のある北公園の入り口。コンクリートの階段を彼女は軽い足取りで上がっている。私はその後を少し不安定な足取りでついて行く。

「突然だったから。さっきまで回りは別の世界だったのに。ガラス張りの向こう側だけが輝いてて。そことの仕切りが急になくなったみたいな感じで」

「よかったのよ、それで。訳なんか分からなくなったっていいの。都合のいいことは素直に信じて、自分の力にするの。その力で自分を回すんじゃないの」

造形的な噴水、整然と並ぶ背の高い樹木、きれいに刈り込んである植え込み。ここは南公園と違って人工の自然のにおいがする。

「人の心の波動が感じられるような気がするの。自分でどう分かるっていうのじゃないけど、空気に属せたっていうか、まだ順応はできてないんだけど……。あぁ、やっぱりよく分からないわ」

「言葉で無理に表現する必要なんてないんじゃないの？　いいのよ、それで。自分と自分の真実の差がなくなったんだわ」

自分が自分の真実に嘯いているような、そして、自分の真実に哀れまれているような、そんな悲しさがなくなっていた。

「そうね、そうだわ」

異人館の前の煉瓦が敷き詰められた広場で、私は少し飛び跳ねてみた。心も少し跳ねた気がした。

「そうそう。それでいいんだってば。これからあせらずに、彼の言うとおり周りを見回せば」

異人館の入り口で彼女が振り向いてそう言った。赤い花が咲いている。

「人間っていう花ね……」

「うん、そう」

一階の喫茶室では、久しぶりにコーヒーの味を楽しめた。二階に上がって立入禁止の応接間に忍び込み写真を撮る。校則違反をするような気分だった。何もない広い板張りの部屋は差し込む日の光であふれ、心にまでまぶしく反射するように思えた。

私は笑っていた。

「よかったわ。どうしようかと思ってたのに。何言っていいのか分からないし」

海の向こうに神戸の街並みが見える。神戸大橋は優しいアーチを描いてほほ笑んでいるようだった。

「いてくれるだけでうれしかったのよ。あの日もすぐに駆けつけてきてくれたでしょ。仕事まで休んで、ずっといてくれたじゃない。今日だってあなたは自分の仕事すっぽかして私に付き合ってくれてるじゃない。好きなこと言わせてもらって、十分甘えさせてもらった」

「それぐらいしかできないじゃない」

「それ以上、何があるのよ」

異人館を出て広場を一周し、水上消防署まで散歩する。消防艇の前ではいろいろなポーズで写真を撮ってはしゃいだ。

「ねぇ、スカイレストランで食事でもしない？　いろいろお世話になったし、心配かけたし、私、ごちそうする」

「そういうことなら喜んでごちそうになるわ」

車に戻ると彼女はさっさと助手席に乗り込み、私にキーを渡した。

「あなたの前途に乾杯」

「ありがとう」

夕食には少し早い時間帯で人はまばらだった。窓際の席で私は久しぶりの食欲に子供のように心を弾ませている。食欲がうれしい。

「まだよく分からないんだけど」

窓の外では、夕陽が西側だけを強く照らして陰影を濃くし、街並みを浮かび上がらせている。私は自分の心を整理するように話し出した。

「多分ね、混乱から抜け出たとか、糸口がつかめたとかいうのじゃないと思うの。こんがらがった糸を、しっかりと手に持てたような、そんな気がするのね」

「いいじゃない、それで。混乱しててもいいのよ。それを知ってさえいればね」

「自分の仕掛けた罠の仕組みが分かってきたような気がするの。自分がしっかりしてなきゃ、彼のこともどうにもならないって。なんていうのかな、自分があって、彼があって、それで恋ができるのね。うまく言えないけど」

ゆっくりと、自分を確かめるように話していく。

「そうよ。彼がいなくちゃあなたが成り立たないのなら、それはあなたじゃないでしょう。このトシまで独身やってきたんだから、それじゃあ、ちょっと情けないじゃない」

夕陽が燃え始めた。

私はこの時間帯にこうして街を眺めながら食事をするのがとても好きだ。席に着くころ、夕陽が街をはっきりと浮かび上がらせ、やがて紅く染め、そして黄昏れて、デザートのころにはすっかり夜の帳をおろした街が夜景に美しく瞬く。最高にぜいたくな食事だと思う。

「私、彼の言葉なんてちっとも聞いてなかったような気がするの」

「どうして？　何か思い出した？」

「違うのよ。あのね、言葉じりばっかりとってたと思うの。あの時、最後の電話でね、だてに十年以上も私と過ごしてきたわけじゃないから私のことは分かってるつもりでいるって、彼が言ったの」

「知ってるけど、言葉じりって？」

「その時は、すっかり彼とよりを戻そうと思ってたから。勝手でも、私が戻りたいって言えば戻れるって思ってたし、だから、ひとりにしないでって、それしか頭になかったのね、私。私のこと分かってるんならどうしてひとりで行くのよ、って。おかしいでしょ」

「よく分からないわ。どういうこと?」

「言葉の表面しかとれなかったのね。多分彼は私が既に自分に嘯いてたのを分かってたのよ。よりを戻そうと思った理由が、既に私の真実《ほんとう》のところとは違うところにあるってことを知ってたのね。だから私がはっきりするのを待てないし焦らせたくないってひとりで行く決心をしたんだわ。戻りたいってはっきりしてるっていくら私が言っても周りをよく見回せとか、焦るなとか、自分の真実を見極めろとかって受け入れてくれなかった。今思えば、私はきっと彼がアメリカに行くことを決めたって聞いたときから、もう自分が見えてなかったのよ。頭の中が真っ白になった気がしたわ。私より私のことを知ってたのはあなたじゃないって、それぱっかりが頭の中で回ってて、最初は声も出なかった」

「よくできた彼氏だこと」

彼女は半ばあきれ顔で、いたずらっぽく笑いながら冷やかす。

「だって……」

輝きの歪《ひずみ》

私も急に恥ずかしくなって笑った。窓の外では間もなく日が暮れる。

「ねぇ、黄昏の意味、知ってる?」

彼女が外を見ながら真顔に戻って言った。

「たれそかれ。だれだ、彼は」

私も彼女の目線につられるように窓の外を見ながら答える。山並みの向こうが紫に染まり、一日の終わりを予告している。そして彼の街ではもうすぐ一日が始まるのだと、ふと思った。

「おいしい?」

唐突に彼女が聞いた。

「おいしいよ。どうして?」

「あなた昔っから何でもものすごくおいしそうに食べるのに、昼はなんだか義務で食べてるみたいだったから。そうやっておいしそうに食べてるのを見るとうれしくって。今日は保護者の気分だわ」

日が暮れてゆく。にっこり笑いながらこちらを向いている彼女を見ながら、本当にいい友達を持てて幸せだとつくづく思った。

「さっきの話の続き」

お互いの安心を、目を合わせて確認した後の照れを隠すように彼女が言う。

「黄昏の意味？」

「そう」

「だからだれだ彼は、だってば。ついでに夜明け前は、かわたれどき。彼はだれだって意味よ。前に私が教えてあげたんじゃなかった？」

「そうだっけ？　でも、ほかの言い方、知ってる？」

「黄昏の時の？」

船と碇と神戸市のマークが山にともる。街がもったいぶりながら夜景を披露しようとしている。

「そう。黄昏時っておうまが時って言うのよ。魔物に逢うって書いて」

分かるような気がした。

「逢魔が時か……。そういえば夕方って事故も多いよね。運転しにくいし、魔物にも逢いそうな気がする」

私の言葉には答えずに彼女は続けた。

「おおまか時とも言うの。大きな禍って書いて。禍は神様の意味のしめす偏と過ちの意味のつくりとで神様のとがめって意味でしょ。逢魔が時とか大禍時とか、そういう時間なのよ。そう言う時間に入る時なのよ」

「よく知ってるじゃない。何で調べたの？　そんなこと」

「ちゃかさないで聞いてよ」

彼女は真顔で言った。私は少し驚いて黙った。食事も終わりコーヒーが注がれる。おだやかな表情でタバコに火をつけて、私の目を見つめながら彼女は続ける。

「そこから先は魔物の時なのよ。昔の人はそういうの、本当に信じて、用心よりも夜の闇とかしじまに脅えて戸締まりしてたんだって。しじまっていうのは静寂で音が無いってことでしょ。黄昏時からかわたれ時までは光と音がないのよ。夕暮れから夜明けまでは、魔界や他界と通じる、そういう時間なのよ」

「怖いね。こんなに夜景がきれいなのに」

「そうよ。怖いのよ。今は光も音もあるけど、そういう世界はメンタルな部分に残ってると思うのね。あなた、彼のマンション飛び出したの、いつだった？　どうにかしようと思って六甲山に登ったの、いつだった？　全部逢魔が時じゃなかった？　あんまり彼との付き合いが長くて、大事なこと、何か忘れてたんじゃないの？　だから神様におとがめを受けたのよ。そして魔物にやられた。……そういうことにしておきなさい。それで、考えればいいじゃない」

「忘れてた大事なもの？」

「そうよ。あなたは、彼とあなたとの関係の中で、自分が自分自身に遠のいているのも分からなくなるくらい糸を絡めてしまった。彼が言ったように、自分自身に罠を仕掛けて自分自身の真実さえ見失ってしまったから神様も怒ったのよ。どうしてそうしちゃったのか考えて改めれば、神様も許してくれるでしょ。魔物も来ないでしょ。って、ちょっと強引？」

彼女は最後をちゃかして言ったけれど、その意味づけが妙に信憑性を帯びているように思えた。そして今、私は魅力的に輝いている逢魔が時の街を脅えることなく見ていられる。

「今夜は魔物も寄りつかないぐらい酔っぱらってみる?」

彼女の誘いに私たちはテーブルを立ち、魔王のもと、魔物が行き交う中へと繰り出していった。

歪から

ひずみから

「あ、俺。今香港。明日、日本に帰る。一時帰国だけどな。また連絡するし」

いつものように会社から戻り、留守番電話のボタンを押してキッチンに向かおうとしたその時。習慣的に冷蔵庫に伸びようとしていた手を止めたのは、懐かしい彼の声だった。

呆然としたままゆっくり振り返ると、電話の横の写真立ての中の彼と私が、仲良く肩を並べて笑っている。かなり以前の写真だった。もう一年近く、私は彼と会っていない。

「明日……?」

写真の彼は昨日と同じ笑顔で、そう呟く私を見ている。彼はまるで二人の間に何もなかったようにメッセージを入れていた。あの、私が彼のマンションを飛び出した日からの時間《じかん》が、離れていた時間が、私にだけ流れたように。指がもう一度留守番メッセージのボタンを押す。記憶の中と全く変わらない彼の声が、やはり全く変わらない優しさで、また聞こえてくる。何度も何度もそのボタンを押して、彼の声を繰り返し聞いた。メッセージの内容を聞いているのではなく、彼の声を聞いていた。胸の高鳴りと顔のほてり。驚きと戸惑い。電話機を両手でつかみ、その場に座り込み、私は何度も彼の声を聞いた。

去年の初冬。友達だった頃も合わせると、もう十年もの付き合いになる恋人のもとを私は飛び出してしまったのだった。

原因も理由も分からなかった。いつものように過ごしていた週末の彼のマンションで、ふと振り返ると、世界が変わったように、私にとっての彼が特別の人に見えなくなっていた。居ても立ってもいられずに荷物をまとめて飛び出した私の頭の中では、彼に恋が出来なくなったと、そんな言葉だけが回っていた。

そして、納得がいかないと言う彼に、私はろくな説明も出来ないまま私の心は時を追う毎に混乱をひどくしていった。ところが彼は驚きと怒りと説得をさっさと通り過ぎると、そんな私を見守るように緩やかに静かに、私を追い詰めることなく、週末に世間話だけの電話をかけてくるようになった。春が行き過ぎようとする頃、私は自分の心を見つめ直し、思い出にはなりえない彼への想いを自分の中に確認し、彼の元へ戻ろうとしたのだった。

けれど、ちょうどもとの鞘におさまろうと思った矢先、彼は海外転勤になった。彼は、私が自分の仕掛けた罠に自分でかかったのだからゆっくり見きわめて自分の真実を自分で見つけろと、今は一緒に行こうと言える時期ではないと言い残して、一人で行ってしまった。私は錯乱状態に陥り、仕事に熱中することで日々を何とかやり過ごし、その罠の、問題の、もつれた糸をほぐすどころか、その糸の中でもがき苦しんでいた。

そんな状態のまま、まるで季節と同じ心を引きずって梅雨を過ごした。やがて肌をさす太陽と降るような蝉の声の中、見かねた友人に誘われて出かけたポートアイランドで、彼女に甘えて弱音や愚痴や苦しい心を話して一日を過ごした夕刻。モニュメントの鐘の音が鳴ったその時。私と外界とを対立させるように取り囲んでいた、まるでコンクリートの壁のように無表情に厚く冷たく厳たる態度で動かなかった壁が消え去り、私を取り巻く全てが、単一で融合的なものに変わってしまった。

決して自分の仕掛けた罠の仕組みが分かった訳ではなかったけれど、私は自分で絡ませ、糸口の分からなくなった問題をしっかりと外から把えることが出来るようにはなった。

まず自分自身がしっかりと地に足を付けて立とう、それから自分の回りを見つめて、私に接する彼の存在を考えていこう、落ち着いてそう思えるようになった。


「また連絡するって……今日？」

珈琲を入れてデスクに向い、デスクの写真立ての彼に話しかける。これは彼が会社で撮った写真を、私と過ごしている時とは違う顔つきが好きで貰ったものだった。いつもいつも彼の写真は何も言ってはくれない。ただじっと私を見つめている。その、一線を引いたところにあるような彼の表情は少し冷たく、そして厳しく、けれど私を見守ってくれているように思えた。前へ進むための力をくれるような気がして、夜、持ち帰った仕事をしたり日記をつけたりしながらその写真の彼に話しかけるのが私の日課になっていた。

「びっくりしたわ。急なんだもん。急に明日一時帰国、なんだもん。半年ぶりよ、あなたの声聞いたの」

明日までに彼と会話が出来る。私だけが話しかけるのではなく、彼の声が返ってくる。

どうしよう、まず第一に私の頭にその言葉があった。彼がアメリカへ発ってから、どんな形にせよ、私の頭は彼とのことを中心に動いていた。仕事でさえ、彼がいないことを忘れる手段として没頭するところから始まっていたり、彼とのいい関係を復活できるようにというところから始まったり、いずれにせよ心の中心には彼の存在があって、そしてそこから私は始まっていた。けれど、この半年というもの、私は写真の彼に話しかけるだけで彼と本当には会話を交わしてはいないのだ。

「そうよね、あなたと本当は何も話してないのね。あなたが行ってから、私がどう考えて、どうしていたか、あなたは何も知らないのね。毎日こうして話してると、全部伝わってるみたいな気になってるけど。……でもあなたは何もかも知ってるような気がする」

それは想像力の力かも知れない。この半年の間に、私の中で彼は誇大に飾りたてられ、私の望む人間像に作り上げられ、そして私は偶像崇拝をしているようなところが無いとは言いきれなかった。私の中の彼は、苦しんだり悩んだりしない。私が彼のマンションを飛び出した時の彼の驚き、その後の彼の怒り、そして私を辛抱強く見守っていてくれている間の彼の苦しさや孤独、彼も人間なのだからそれなりにしんどい思いをしているのは考えてみれば当然でも、彼が私に対してそれを顕著には態度に現さなかった為に、私はそんな彼への心遣いをすることもなく、自分のしんどさだけしか見えず、そしてそれまで彼に押しつけてきている。

彼はいつも緩やかに広い心で笑っている。そこにある電話の横の写真のように、私の肩を抱いて、私を包むように笑っている。私はデスクから立ち上がりその写真を手に取ってみる。それはいつだったか二人で異人館に行った時のものだった。

「楽しかったねぇ」

この写真が記憶の喚起者となって思い出の風景を呼び起こした時、私は急に異人館に行きたくなった。この写真が主語となって、今までの私と彼との全てを語り出すような気がして、私の、つかめそうでつかめない問題の罠の仕組みまでを教えてくれるような予感がして、もうそれ以上じっとしていることが出来なかった。この写真に収まっている二人の流れ去った瞬間が、二人の全ての時間と交錯し、それらを所有しているような気がしたのだった。今の時間に異人館に行っても目に見える物など何もないのは分かっていたけれど、それでもよかった。過去の瞬間から全てを手繰り寄せるのには、それが夜の帳の向こうにあった方が白昼の目に見える世界に邪魔されずに済むような気もした。そんな考えをはっきりと意識したのではなく、自分の心のもっと深い場所で思考が活動し、半ば無感覚の緊張した放心状態が私を無性に異人館へ行きたいという衝動に駆り立てたのかも知れない。気付いた時、私はキーをつかみ、ドアを出ていた。

金曜日ということもあって、まだ人々は街に溢れていた。相変わらず街は全てを抱えてそこにある。以前に自分の心を見つめ直すために街に力を借りに六甲山に登った時、自分が抱え込んでいた重たい荷物のような問題を街の力を借りてなんとか対処したと思えたのは、やはり考えることに疲れ果てた自分を救う為の一時しのぎに過ぎなかったのだろうか。それが無駄だったというのでは決して無い。たとえそれが問題の渦中からの冷静さを欠いた歪曲された解決法だったにせよ、自分の存在にとっては大切な道のりだったと思う。そしてそこから更に私は確実に進んでいる。今、問題をしっかりと手に持って、その下に隠されていた犠牲にも目を背けずにいることが出来るようになって、私はこの街を走っている。今度こそ本当の意味での解決に向かって後一歩のところまできている気がする。

受け身で街に力を借りるのではない。街の中を突き進み、過去の瞬間を見つめ、その向こうにある自分と、彼と、そして二人の姿を見つけたいのだ。あの時と違うのは、何を考えるのかも分からないのではなく、考えたいことがはっきりとしていること。街の力を自分に向けて自分を揺さぶるのではなく、自分の力を街という媒体を通して過去の瞬間に向けて、喉まで出かかっている何かをはっきりさせようとしていること。

「夜の異人館なんて、初めて。まるで違う場所を走ってるみたい。どれが異人館なのかもよく分からないね。当り前かな、異人館っていっても、人の住んでない単なる洋館だもんね。……あの時にフィルム買ったおみやげ物屋さん、どこかな。」

持ってきた写真に話しかけながら、二人で歩いた道をゆっくりと車で走った。昼間のここは観光客であふれ、エトランゼの歴史をたたえる異人館も、そのエキゾチックな情緒あふれるイメージより若者向けの商売館になってしまっている所も多い。クレープの甘い匂い、明治時代の浜の外国人居留地からの歴史とはほど遠いキャラクターグッズ、スマートなブティック、甲高い笑い声。そんな物が全て嘘のように閑散とし、異人館には明りもともらず、マンションや飲食店が疎らにあるだけの寂しい町に姿を変えている。

歩いて異人館めぐりをすれば、かなりの時間を要するのに、こうして車で回っていると案外狭い範囲だということに気付いた。

「ねぇ、どうしてあなたは私を捨てないの？　私を嫌いにはならないの？　私はあなたにとってどんな存在で、あなたはどうして私を許せるの？　私、あなたにとって、そこまで必要な存在なの？」

それは、今の私にとって、真剣な疑問だった。若い頃には自分自身に自惚れもあったし、友達の期間が長く、気取ることも見栄を張ることも無いところから出発した恋人同士だったから、そんな疑問を抱くこともなかった。お互いに一緒にいて心地のいい楽な関係で、趣味も合うし、話も合うし、性格の似ている部分も多く、お互い理解し易い、痒いところに手が届くような存在だと思っていた。けれど、今考えてみると、私が彼に助けられるばかりで、彼を私が助けたようなことはなかった。彼の愚痴は聞いたことがなかったし、彼の為に私が何かを犠牲にした覚えもない。

そのうちに迷い込んだ坂道を引き返そうとした時、眼下に夜景が広がった。そういえば展望塔の家という異人館は和歌山から淡路島までの眺望を誇っていた。

「フィルム買った売店、分からなかったね。大はしゃぎでいっぱい写真撮ったのに、あなた、間違えてフィルムの蓋開けちゃったの覚えてる？　開けてすぐに閉じて、『あ、フィルム、まだいた』って。私、その言葉とあなたのおどけた表情に吹きだして、せっ

かく撮ったのにって腹を立てる間もなかったわ」

結局その後のフィルムも彼が入れ方を失敗して全部撮れてなかった。けれどそれを彼に言ったら
「もう一回、行けってことだね」

と、次のデートの約束になり、謝りもせずに笑っていた。

「もぉーっ！　ちょっとは反省してよっ」

「しゅーん」

「なぁに？　それ。じゃぁ、今度の休みね。昼は異人館通りでランチ、夜はニューオリエンタルホテルでディナー、その後六甲山ドライブよ。ぜーんぶっ、あなたのおごりね」

「ひえぇー」

けれど実際の二回目の異人館デートは、結局昼過ぎ迄寝ていた為に、昼食は家でお茶漬け、夜は帰る道すがらのデリカテッセンでサンドイッチを買って六甲山に登り、

夜景を見ながら食べた。

「でも、最初に来た時に買った異人館パスポート、気に入らなかったもんね。ハリウッド映画だとか、テディーベアだとか、何だか見たかったイメージと違う異人館ばっかりのチケットで。衣装を着せて貰って写真とってくれるサービスがやたら多くて、それだけに若い女の子でごった返してて。私、ぶつぶつ文句言ってた。フィルム、パーにしたからもう一回来れて、ヨーロッパ系の落ち着いた異人館巡りが出来たんだ。……でも、そう言ったらきっとあなたは『だろ？』とか言って、笑うんだろうね」

けれど、彼がフィルムを駄目にしたことを真剣に謝ったり、気にしたりする人なら私は怒るよりも、かえってそれを気にしないように気を遣って疲れるようになっていただろうと今思う。悪びれもせずに笑って済ます彼だからこそ、私も多少の文句を言いながらも笑え、罪滅ぼしの罰を科したりして、二人の展開は決して暗い方向には向かなかったのだ。

「そっか。あなたのそんな性格が私達が喧嘩をしない恋人同士だった原因だったんだ」

二回目に来た時に撮った二人の写真。この写真のように私達はいつも笑って過ごしていたような気がする。私が腹を立てて怒ることはしょっちゅうあったけれど、喧嘩になったことはなかった。

「私、二回目の異人館巡り、満足したの。そう言ったっけ。英国館の調度品やアンティックな小物も素的だったし、洋館長屋のドールハウスや絵画もよかった。展望塔の家は豪華だったよね。案内のおじさんがいちいち値段を言うのがちょっと気に入らなかったけど、アールヌーボー、好きだから、ガラス食器やスタンドなんかはため息が出たもん。美術館やアンティークショップで見るよりもやっぱり洋館の中に生活スタイルそのままに置いてある方が素的に見えるものね」

二回目の帰り道、もう一種類の異人館パスポートがあるのを知った。彼はもう一回来なきゃなと言っていたけれど、そういえば、彼がこういった物に興味があるのかどうか、私は知らない。一緒に興味深げに見たり、たまに家具に触ったりはしていたけれど、私は自分の満足だけでその日のデートに喜んでいた。彼が異人館に行きたいのかどうか、興味があるのかどうか、そんなことを考えたこともなかった。デートの行き先を決めるのに、大抵は私の行きたいところへ誘い、彼がそれを厭だと言ったこともなく、それを当り前に思っていた。

「厭だったら行かない、ってきっとあなたなら言うわね。楽しかったって言ってたし。でも、あなたが興味があるかどうかを私が知らないっていうのが今更だけど引っかかるの。知らないっていうことより、考えもしなかったってことが」

そろそろと坂道を下りる。再び異人館通りに戻った時。ファッションビルのウィンドウディスプレイに私の心は震え、失神する前のように周囲の物事が急に遠くに見えるような感覚に陥った。イーゼルに置かれた書きかけの油絵のカンバス。何かに操られるように道の端に車を止めて、私はそのカンバスから目を離すことが出来なかった。

その絵に何かを感じたのではなく、その絵の端縁部の余白に心を貫かれたのだった。私達の目に触れる絵画は普通、額縁でくっきりと画面を区切られている。絵は、最初からそこにあるべくしてあるようにその中に収まり、そこに行き着くまでの画家の人間的な苦悩や喜びは消し去られ、一個人を越えた表情として、芸術となって存在している。端縁部を額縁で切り捨てるという魔法。

「ねぇ、あれ。あれが人間なのよね。額縁で内面を切り捨てて、内面の自分にしか分からない感情を切り捨てて、出来上がった形で生きてるのよね。どんなに芸術的に認められて全ての人々に感動を与える作品だって、画家が苦悩と人生をかけて一筆一筆書き上げたものなのに、私達はその苦悩の部分を見ることもないのね。それが画家のめざすところだったとしても、その人間的な部分には気付きもせず、それを考えようともしないのね。出来上がった作品だけで全てが評価されるのね。人間も、そうなのね」

私は彼の額縁で隠された部分を考えもしなかった。そしてきっと彼は、私の額縁をはずした姿を考え、見ていたと、そう思った。

心のずっと奥底で、私を支えていた支柱が一つ一つはずされてゆくような戦慄にも似た感覚に襲われながら、私がどうして彼のマンションを飛び出したのか、彼がどうして突然他人に見えたりしたのか、そんなことはどうでもいいようなことに思えた。理屈ではない。そうなってしまったのだ。そしてそれからの一年で私はどれだけ色々なことを知っただろう。その発端の原因などに何の意味があるのだろうと、そう思えた。

無理をして、冷静な見地から自分を判断し、絡まった糸をほぐしたところで、その中に心が残っていたなら、ほぐした意味など無い。ましてや糸が絡まった理由を追求する意味などどこにあるのだろう。隠されたカンバスの端縁部に人間の意味があるように、渦中にある歪曲した視点にも大きな意味がある。ある程度の常識の元に、客観的に自分を見つめ、判断を下すことは出来るかもしれない。けれど、自分の真実が自分と一緒にいなければ、その判断になんの価値があるのだろう。自分が自分の真実に向かって嘯き、自分の真実が自分に向かって軽蔑の笑みを浮かべる。それが常識的で、世間的に正しく当り前とされていることであっても、自分で充分な納得が得られないことが幸せであるとは決して思えない。その場をたとえ世間一般の価値観や判断でおさめたとしても、後で必ず同じ問題は起こってくる。誰が見ても無意味でバカげた時間や精神力の無駄使いであっても、はっきりと問題を外から見つめ、その、絡まった糸から心を離して見つめることが出来るまで、それは自分にとっては必要で意味のある自分自身の存在の流れだと思う。その流れがこの一年だったと思う。

「絵を書こうとした動機が問題じゃないのよね。そうよね。書いている間の人間的な内面の部分に意味があるのよね。だからこそ、出来上がった絵にも意味が出てくるのよね。私がずっと追っていたのは、絵を書こうとした動機と、完成した額縁に囲まれた絵だったんだ。自分が仕掛けた罠だとか、そんなのじゃないの。あなたを好きになった理由を追求したって意味がないみたいに、こうなった理由を追求したって、きっと意味はないんだわ。あなたと過ごした時間や、あなたと二人で恋人同士としての絵を書いているプロセスに意味があるんだわ」

その時、私の絡まった糸の端が見えたような気がした。そこを引っ張ればするするとその糸が真直ぐな一本の糸になるような気がしたけれど、私はその糸口をほどこうとは思わなかった。そして私というカンバスの端縁部に、そっとそれを置き、異人館を後にした。

彼が一時帰国にせよ帰ってくる。彼が私をいまだに恋人として認めてくれるかどうかは分からない。彼の気持ちが私の方を向いているかは分からない。正直、それは考えれば狂いそうなほどの不安となって襲ってくる。

「あなたの楽観主義、ちょっとは見習わなきゃね」

彼は物事を深く考えるのは自分の性に合わないと言う。考え無しに行動していい結果が出るとは思わないけれど、深く考え過ぎると必要以上に気がまわって頭が痛くなると言っていた。物事成るようにしか成らないのだからと楽観主義的なところもあった。ここから先、彼の気持ちを案じても仕方がない。彼がいつも物事をいい方向にしか考えないように、私もそうしようと思った。

帰り道、繁華街を抜ける道を選んだ。ざわめきたった人の群、肩を抱き合う恋人たち、空車のタクシー、にぎやかなネオン。そこはまるでおもちゃ箱をひっくり返したように、楽しげに散らかっている。

「ここも一緒によく来たよねぇ。あ。そこに車、停めて食事した時。私が半ドアにしてててバッテリー上げちゃったこと、覚えてる？　あの時もあなたは怒らなかった。少し苛立ってたけど、私が気にして、しつこく謝ったら、かえって機嫌悪くしてた。さっさとロードサービスに救援の電話をして、何もなかったみたいに待ち時間の間どこに行こうかって、もう楽しむことを考えてるあなたに、私、戸惑ったわ」

彼は何かで苛立っても、ほんの数秒か数分しか続かない。対処すればそれはそこで済んでしまう。自分の失敗を結構長い間気にする質の私にとって、そんな彼に慣れるのには、随分と時間がかかったけれど、それもいつの間にか当り前になり、かえってそんな彼に影響されてか、私自身が長々と苛立つことがなくなっていった。

「おかしいね。私、執念深いはずなのに、いつの間にかそれもあなたに緩和されてたんだ」

人々が発する電波の渦。間近に感じる強い刺激は心地よく感じられた。そしてまるでタイムマシンに乗って時を遡っているように、その雑踏の中に幸せそうな彼と私が見える気がした。

そういえば、彼の機嫌が悪いのは寝起きだけで、私は怒った彼を見たことがない。

「寝起きだけは何年たっても病気だったよねぇ。人格が違うんだもん。あなたに怒鳴られたのは、起きないあなたを揺さぶったりした時だけだった。それだって、起き出してきたら、あなた、覚えてないんだもん、本当かしら。笑っちゃう」

自分の失敗を悪びれもせず笑う変わりに彼は決して人の失敗も責めることはなかった。

「不思議な人なんだね、あなたって。それに慣れてしまってたけど。そういえば私、あなたに責められたこともないし、あなたが人を責めるようなことを言うのを聞いたことも無いわ。私が人を憎みたくないから厭な人を遠ざけてしまうのも、あなたの影響なのかしらね」

だらだらと流れる車の列の中で繁華街を抜け国道へと向かった。


ふと、いたずらに南へと車を向け、ポートアイランドの中埠頭へと向かった。夜、タンカーの積み荷の上げ下ろしをしている風景はイルミネーションが美しく、まるで夢の世界のロボットヴィジョンのように光が動く。

「ここにも来たよね。メリケン波止場がすっかり変わって、倉庫にはいつも電気がついてるし、必ず何台もの車がいるし。私がそれを嫌がったら、あなたがここを見つけて連れてきてくれた」

彼はいつも私の望むことを知っていた。

「私、あなたといると楽だった。私が本音で話せて、甘えられる唯一の人だもん。気が滅入った時や、落ち込んだ時には、いつも側にあなたがいてくれたでしょ。私の泣きごとを聞いて、言うだけ言えば私の気が済むのを知ってて、受け止めていてくれたのね。中途半端な慰めなんかじゃなくって。ひとしきり私が弱音吐いて、気が済んで、また歩き出すのをいつも見守っててくれたの。あなた、決して口では『大丈夫』って言わなかったけど、抱えてくれるっては言わなかったけどそんなあなたが側にいることが、安心そのものだったんだ」

彼に頼り、甘え、助けられて私は歩いてきたのだ。歩く足を支えたり、方向を決めてもらったりするのではない。決めるのは自分、歩くのは自分。けれど、そう、カンバスの額縁で隠されている部分を分かっていてくれるのが彼だった。何があっても彼がいて、そんな私の望みを彼が受け止めてくれていたから私は自分を維持出来ていたのだ。

「あなた、私が何をするのも止めなかったでしょ。そして、私が何度か同じような原因でつまずいた時にだけ適切なアドバイスをくれた。あなたのアドバイスで元気が出てすっかりやる気になった訳じゃなくても、私、散々愚痴った後だもん、あなたのそんな私のことを考えてくれる心遣いに押されて、それ以上弱音を吐いたり、途中で投げ出したり出来なくなっちゃって、仕方なくでもやるしかなくなっちゃって、やってこれたのね」

私の我侭は根本的な自分の生き方みたいな処にあった。彼はそれごと、私を受けとめてくれていた。私のどんな選択も、彼は受けとめてくれていた。たとえ私がどんな立場に立たされても彼は私を見守ってきてくれた。私がその生き方を選ぶことで彼に負担をかけることになるのもしょっちゅうだった。彼は私の我侭ごと、自分勝手な性格ごと、つまり、私の根本からの全てを受けとめて、愛してくれてたのだと思う。

「あなたがそれで無理をしていたのかは私にはよく分からないけれど、あなたはいつも何でもないような顔をして私の心のすぐ側にいてくれてたよね。あなたは私の生き方に対しても何も押しつけはしなかったし、望みもしなかった。私は私の生きたいように決めて、そう歩いて、あなたはそんな私を受けとめて、助けて、守ってきてくれていたの」

夜がきても明日は見えない。明日が必ず来ると、朝が来ると知っていても、夜にそれを見せろと望まないように、彼は見えない物を望もうとはしなかった。夜には夜の過ごし方を、暗いなら必要なだけの明りをつけ、そしてやがて来る朝のために眠り、決して無理をせず。夜に明るくなれなどという注文をつけることをしないのと同じように、彼は私にどうなれという注文をつけなかった。夜を夜と受けとめ、昼を昼と受けとめ、そしてそれをそのままそれぞれに愛し……。

「そういえば私、付き合いだした最初の頃に思ったことがあった。あなたの愛し方は、私への想いは、緩やかな、大きな、静かな愛だって。機が熟すのを待つ間、その悲しみまでも愛してしまうような、そんな人だなって。決してあなたがそれで平気なはずがないのに、あなただって人間だからそれなりの苦しみや悲しみがあるはずなのに、あなたはそれを私には告げなかった。私の我侭のために自分が苦しんでいる姿は、決して私には見せなかった。そして私はそれを見ようともしなかった。私は私の好き

なように生きて、それを当り前にしてた」

今日、異人館で見たあの、額縁に区切られる前のカンバスは、それをはっきりと形にして私に提示してくれた。

「あなた、こんなに我侭な私をどうして離さないの？　重荷じゃないの？　私があなたの力になったことなんて無いでしょ？　いつもおんぶにだっこで。……ねぇ、私はそれを素直に受けとめてもいいのかな。私の存在が、あなたにとって、それなりの価値があるって思っていいのかな。あなた、これ程までの私の我侭を許して受け止めてくれてる。こんな私と別れようとしない。それって、あなたにとっても私が必要な存在だって、素直に思ってもいいのかな。私が何かを変えなくても、私が無理をしなくても、このままの私でよくて、そしてあなたと生きていくことが、あなたにとっても幸せなんだって、そう思ってもいいのかな」

戻りたいと思った。今すぐ彼に会いたいと思った。彼に謝りたいと思った。彼がいないと生きて行けない程に、彼の存在は私にとって大きなものだったのだと思えた。私が自分を維持できているのも何もかも、彼の存在があってこそのような気がした。中途半端じゃなく、私の存在から受け止めて愛してくれる人など、今も、これから先も、彼以外にいないと思えた。

「そりゃあ、あなたと出会うまで、私は誰かに心を受け止めてもらうなんてことは考えてもみなかったし、自分の一番弱い部分を恋人にみせるなんてことはしなかったんだから、あなたがいなくなっても生きてはいると思う。何とかやっていけると思う。でも、出会ってからどれだけ長い間あなたと過ごしてきたか……。あなた以外は考えられないくらい、私にはあなたの存在は大きくて、必要なのよ」

面と向かってはきっと言えないような照れくさいことを、ぶつぶつと写真に向かって話した。

「帰ったら、手紙に書いて渡すわ。言えないもん、恥ずかしくて。駄目ね、ほんとに」

考えれば考えるほど、彼がどうして私を選び、そして別れようとしないのか、分からなくなってくる。素直に、当り前に彼の恋人でいる自分に自信を持つことが出来ない。不安が広がってくる。一時帰国した彼と会って、彼に新しい恋人が出来たと言われたとしても、私は何も言えない。一年前、飛び出したのは私で、そしてそれを許してくれているのは彼で、こうして振り返ってみれば、私は自分の我侭を通さなかったことなど一度もなかったのだから。

「六甲山に登った時に考えた、私があなたのマンションを飛び出した理由ね、ほら、自分でも気付かない小さなストレスの積み重ねが積もり積もって爆発したんだ、っての。贅沢だね。そんなの問題じゃないくらい、私、あなたのストレスの原因だったんじゃないかな」

彼からの電話が急に気になり出して、私はアクセルを踏んだ。無謀に近い運転で家へと急いだ。私は今も彼に愛されているのかどうか、すぐにでも聞きたかった。香港中のホテルに電話をして、彼の滞在先を突き止めてでも聞きたい程、気持ちは焦っていた。

駐車場に車を放り込んで、部屋まで走った。ドアを開け、電話まで走った。留守番電話のボタンを押そうとした時、ベルが鳴った。

「もしもしっ」

「やっと帰ってきたな。相変わらずだな。どこ行ってたんだ？」

彼だった。彼の声だった。私は震えた。

「……ごめん。ごめんね」

彼の気持ちを聞くよりも先に私は謝っていた。勝手にその言葉が出た。

「どぉした？」

彼の声が少し低く小さくなった。それが私を不安で一杯にした。

「……ねぇ、私、私今もあなたの恋人でいられてるの？」

私は不安で一杯になりながら、すがるような気持ちで、やっと彼に聞いた。まだ愛されているのかどうかと、ストレートに聞く勇気はなかった。

「おまえさえよけりゃ、な」

「え？」

意味がよく分からなかった。

「……俺、電話もせずに、おまえと離れて、よく分かったんだ。おまえ、俺の我侭、よく今まで許せたよな。俺の生き方みたいなことに、何一つケチつけなかったろ？そんな奴、他にいないもんな」

彼がゆっくりと喋っている。私は頭を混乱させながら聞いている。

「こないだおまえの友達から電話もらったんだ。俺がアメリカに行ってからのおまえのこと、色々聞いた。俺、どうしてもおまえを離したくなかったし、だけどおまえ自身を大事にしたかったし、おまえが気の済むまでおまえ自身でいて欲しかった。ゆっくり考えろなんて、カッコのいいこと言って、おまえと離れてみたけど、気が気じゃなかったもんな。おまえが結婚したりしたらどうしようなんて考えたら、居ても立ってもいられなかったよ」

「そんなこと、そんなことある訳無いじゃない。私、私はあなたがいなくなるのが恐かったのよ。どれだけ恐かったと思ってるのよ。いなくなって、あなたが、いなくなって……本当にいなくなったら私、私」

言葉がつながらなかった。何を言っているのか自分でも分からなかった。私は泣きながら話し続けた。

「我侭許してくれてたのはあなたじゃない。私、今まで当り前に、あなたに甘えてきてたじゃない。私があなたに何かしてあげたことなんて、なかったじゃない。私、あなたに負担かけることしかしてないじゃない」

あれだけのことを写真に向かって話したのにもかかわらず、いざとなると何も話せてはいない。落ち着いた彼とは反対に、頭をぐちゃぐちゃにして、ぼろぼろ泣きながら、彼を失わずにいられたことの安心が徐々に身体を支配していくのを感じていた。

「俺、おまえにおまえでいて欲しかっただけだよ。おまえが俺に何もしてくれてないって言うなら、それでもいいけどな。おまえは俺の全部をそのまま受け入れてくれてたろ？　それ、おまえが意識してた訳じゃないんだったら、俺もおんなじ。俺、おまえに負担かけられた覚えないよ」

涙を手でこすりながらしゃくりあげて、私は言葉を失っていた。口が勝手に動いている。

「会いたい。今すぐに会いたい」

「焦るなよ。心配ないから。お前がそこにいるみたいに、俺もここにいるって。距離にどうこうされる程、ヤワな付き合いでも、短い付き合いでもないだろ？」

「私があの日、マンション飛び出したこと、許してくれるの？　ねぇ、いいの？」

「今更何言ってんだよ。ったく。元気のいいのもお前なら、元気のないのもお前だろ。付き合いが長けりゃつまづきもするさ。何事もなく過ぎるわきゃないだろ？　お互いの気持ちは、そこにずっとあるんじゃなくって、育てるもんだろ。そう信じて、俺はお前を信じて、俺を信じて、俺達の間にある気持ちを信じて、やってきてるんだからな。お互いが、お互いのあるがままを受け止められなきゃ、そこまでのもんさ。……ってなことを言いながら、おまえと話すまで、俺、死にそうに心配だったんだわ」

「死にそうだったのは私よ」

彼の最後をちゃかした言い方が懐かしかった。彼が彼のままなのが嬉しかった。

「じゃ、な。あさって、八時半にそっちに着くから。みやげ、期待しとけよ。荷物の半分はおまえのみやげなんだからな。迎えに来てくれるだろ？」

「行くわよ。絶対行く。ホテル、どこ？」

「ん？　おまえの部屋にしようかな。それとも空港近くのその手のホテルにでも直行するか？」

彼が笑っている。私も笑ってしまった。

「もぉ……何なのよ。人が真面目に聞いてんのに」

「おまえねぇ、俺、男なんだぜ。一年も我慢したんだからな、責任とれよな」

「本当だか」

「あっ、そぉゆうことゆぅ？　がっかりするなぁ。一所懸命、我慢したのに」

「何言ってんのよ。せっかく真面目に悩んで、珍しく真面目に話が出来たのに。留守電のメッセージ聞いた時から、半年ぶりで、どうしようかと思ってたのに」

「じゃ、また明日。一緒に風呂入ろうな」

「やぁーだっ、もーっ」

彼が笑いながら電話を切った。


彼のマンションを飛び出してから一年。心の、ほんのわずかの歪にはまりこんで苦しんだ、長い一年だった。電話の最後、その一年の時間など、まるで無かったかのように彼と私は会話していた。

私というカンバスの端縁部の隅に置かれた絡まった糸くず。私はそれをそのままに、そっと額縁にはめる。

そして、長かった一年の苦悩は姿を消した。

砂丘

さきゅう

待ち人来ぬ間の長さ
気を紛らす編み物
進まない……編み針
進む……はやる心
車の音、一つ一つに
手を休め
耳を傾け
小さくため息

心

少し切なく
幾度となく鏡をのぞき
髪をなでつけて

進まない……時計
振り子の音がやけに大きく
何台もの車が行きすぎ
耳を澄ませて

挨拶の言葉も
分からないままに
会話の台本も
考えないまま
行く先も
知らないまま

除夜の鐘が鳴り終わる

A Happy New Year
to YOICHI
MAKIKO

雨。

大粒の雨がボンネットに飛び跳ねている。屋根に躍る様子が見える程の音でたたきつけ、暗闇のパーキングに停めた車体に、時折通る車のヘッドライトに照らされて浮かび上がる。

助手席から真貴子は、ぼんやりと曇った窓硝子をながめていた。指でこすってのぞいてみても何も見えない。雨音だけが車体の中に響いている。

例年通り、初詣に行こうと元旦の零時に陽一と真貴子は約束をした。陽一が迎えに来たのが午前一時。七年にもなるふたりの付き合いは、恋人でもなく、友人でもない。曖昧なままに続いている。東京の大学へ行き、そのまま東京で就職してしまった陽一と、追いかけきれずに神戸の大学へ通う二歳年下の真貴子と。彼女が高校へ入学して以来、ふたりともがそれぞれに恋人と呼べる相手を何人か変えて、けれどいつも一番近くに位置してきた。お互いの休みには恋人の目を盗むようにデートを重ね、初詣には必ずふたりで出かける。今、陽一には東京に同棲している恋人が、真貴子との間を思い切れないままに存在している。真貴子は親の紹介で知り合った青年医師からのプロポーズをこの夏に断り、けれど、良家の娘の名を要領よく守ってきた彼女には、世間の価値観でのふさわしい見合い話が後を絶たないでいる。何かと理由をつけて、のらりくらりと逃げている彼女の心には、陽一の存在が大きすぎた。

　約束に遅れたことを怒りもせずに笑って許す真貴子と、当たり前のようにそれに甘える陽一と……。ふたりともが異性の体を知らないわけではない。にもかかわらず、手を握るだけで心が熱くなる。七年もの長い付き合いがあるくせに、会えば心が躍る。そんな曖昧さが、かえってお互いの存在を大きく心に持たせているのかもしれない。

『陽さんにホレているのにやっと気付きました』

と一行の、真貴子から届いた手紙。それをふたりとも知らぬ振りで一つの季節を越した。ふたりともそれぞれが、どうにかしなければという焦りにも似た想いを日増しにつのらせて迎える正月。出発したふたりはいたずらに道をそれて車を走らせ、鳥取砂丘にたどり着いた。近くの神社へ詣りに行くには、もう少し長く一緒にいたい、かと言ってどこへ行くあてもなく、なるべくなら正面にお互いを置くことを避けたい心がそうさせたのだろうか。ちぐはぐな会話のまま、空回りする冗談と笑い。人が多い場所は避けて通り、誰が聞いても初日の出を見るにはふさわしくない雨の多い鳥取に来てしまったのだった。砂丘のパーキングに車を停め、眠いと言ってシートを倒した陽一。眠いのではない。雨の中、車からも出られず、何もすることがなくなるのが恐かった。会話も、動作も、そしてふたりの間の空気までもが大きな負担となって襲いかかってくるようで、何をどうしてよいのかが分からなくなってしまったのだ。

（このまま帰れなくなればいいのに）

真貴子はそんなことを願っていた。

（どんどん雨と雪が降って、峠も、他の道も、全部が閉鎖になって、電車も不通になればいいのに。チェーンも持ってきてないって言ってたし、お正月でどこも開いてないし、ここにふたりで閉じ込められたらいいのに。そうしたら、そうしたら……）

真貴子の胸が切なく締め付けられ、苦しいほどに悲しみがこみ上げてくる。たまらない。それでも振り向きもせず、陽一が眠っているのを確かめるように、小声で囁いてみた。

「ねぇ、陽さん」

運転席のシートを倒して横になっている陽一は、眠れもせずにずっと真貴子を見つめ続けている。シートの向こうに、真貴子の肩にかかる柔らかそうな長い髪が暗闇の中にゆるやかなカーブのシルエットを保ち、動かぬままに息づいている。車道を車が行き交うたびに、たおやかに輝く。家に迎えに行ったときに現れた彼女を見て、少しばかりその美しさに驚いた。きれいになったと言うと、恥ずかしそうに顔を隠し、「見ないで」としきりに照れる。それでも、そんな動作が可愛らしく、目をそらせずに見つめていると、挙げ句の果てにこちらの目をふさごうとする。彼女のすべてがいじらしかった。今シルエット越しに、その時の顔がなぜか涙ぐんでいるように見えた。自分に惚れていると言う真貴子の影がいとおしく、心の片隅で恋人の顔が見る間にかすみ、そして、それをかき消してしまう程強い勢いで、手をのばせば届く場所に、真貴子がいる。

（出会った時は、制服に肩までのストレートヘアの、あどけないだけの十五才の少女だったまー子が、七年の年月、いつも自分の傍らで見る間に成長し、薄化粧にもハッとする二十二歳の女になってここにいる）

「うん？」

陽一は真貴子の後ろ姿から目を離せないままその声に答える。

「この向こうが、すぐ鳥取砂丘？」

真貴子も窓の外へ顔を向けたまま、意味のない問いを投げかける。

「うん」

「ふうん。せっかく来たのにね。雨、止めばいいのにね」

雨が止んで砂丘で遊んでいる間に峠を雪がすっぽり包めばいいと思った。

「まー子、眠くない？」

「うん、全然」

「元気だなぁ」

「フフン」

『フフン』は真貴子の口癖だった。

真貴子は不思議と眠気も疲れも感じていなかった。陽一が眠いと言った理由と同じく、振り向いて陽一と向き合うことが怖くて、相変わらず真っ暗な夜を見つめていた。

ふと陽一の心に再び恋人の顔が動いた。

（まー子が東京の大学へ来ていたら）

そんなふうに思えた。

（そうすれば絶対、俺はこいつをこの手にしっかりつかんで、そして、そして自分のものに……）

振り切ってしまいたくはない。できることならこの手の中に、今までのように、はっきりしないままの位置でも抱えていたい。惚れているのはこっちの方だと叫びたかった。そうすれば真貴子は何もかも捨ててもいいと言うだろう。自分と一緒なら何もいらないと言うだろう。けれどそれは幼さだと思う。やはり真貴子を幸せにできるのは自分ではなく、世間的にふさわしいと言われる相手だと思う。彼女の育った環境と、自分の収入が天びんの上で答えを教え、今まで通り兄に似た立場で付き合ってゆくのがふさわしいのだとあざ笑う。悔しくても人生は長いのだ。あの手紙で火がついた導火線は切らなくてはならない。もうこの春から社会人になる二十二歳の真貴子を、これ以上あやふやなまま手の内に置いていてはいけない。彼女のこれからの出会いを妨げ、人生を狂わせてはいけないのだ。そんなことはよく分かっていながらも、本当は導火線の火を自らも煽り、心の叫びを爆発させたかった。彼女の出合いなど片っ端からつぶしてやりたい想いでいっぱいだった。

「まー子も横になりよ」

「うん」

素直にシートを倒した真貴子に、そのままかぶさってゆきそうになる衝動を陽一は一瞬、はっきりと自覚した。

シートを倒した真貴子は、陽一の方を向くこともなく、やはり頭をドアへ向けて、やはり何も見えない窓をながめていた。上着を脱いでかけてやる陽一。そのぬくもりが彼女を包んでいった。目には次々と硝子窓を流れ落ちる雨のさまが映り、耳にはたたきつける雨の音だけが無彩色に響いている。すぐとなりに陽一がいるのを、ひしひしと迫られるように感じながら、それでも陽一のほんの一瞬の衝動など夢にも思わずに、ただ息苦しいほど陽一の存在を全身で受けとめていた。ふと彼女の意識が宙に飛び、そんな自分を見る。

（こんな時を胸にきざみつけておこう。たとえ妹としてでしかなくても、陽さんの上着をかぶって窓をながめる私の横に、眠っている彼がいて、同じ時間に身を並べて、とてもゆっくり流れている、今の時を）

そんなふうに真貴子は自分に語りかけ、意識の見た光景を胸に焼き付ける。

けれど、その時も陽一はじっと真貴子を見つめていた。

（この冬に、はっきりとまー子をこの手から突き放そうときめたじゃないか。泣かせても、これ以上あやふやなまま手の内に置いておくことはできないのだから。それが一番残酷なことになるのだから。そして彼女がほかの男と幸せになれるように……）

そこまで考えると陽一はやるせなくなってしまう。自分がしっかりしてないからなのか、真貴子との七年になる歳月の重みなのか、手をのばせばその身体を自分の中に包み込める、すぐ隣に、あまりにも素直に、あまりにも当たり前に身を横たえている彼女を突き放すことができるだろうかと、不安に襲われて竦んでしまっていた。彼女のためにはっきりしなくてはならないのにもかかわらず、できるならこの手に抱いて、許されるなら自分のものにしてしまいたい、そんな願いが身体中に充満していた。

心で深呼吸して陽一は口を開いた。

「こら、こっち、向いてみ」

「うん？」

そこにはごくふつうの真貴子の顔があった。

(何を言ってもきっとこの顔はくずれないだろう。取り乱したりはしない。そしてひとりになって泣く。それがまー子だ)

陽一はその顔を見て思う。それを一番よく知っているのは自分だと思う。

(かえって、苦しんだオレの負担を軽くするような嘘を言う。そして、その嘘は、彼女の心の傷口から流れる血で造られる。自分の傷口をえぐってでも笑顔を造ろうとする。そんな哀しい優しさを、オレはいやというほど知っているのに、これからこの娘の心に手をかけて、力一杯傷つけなくてはならない……)

いつのまにか真貴子の柔らかなほほをなでている自分の掌の感触に気付いた。もう一度心で大きく深呼吸をする。口を開かなくてはならない。台本通りに言葉をつなげなければならないのだと自分に言い聞かせた。

「僕にホレたとか言ったり、遊び回ったりしないで、早くいい人を見つけろ」

やっとの思いで心を決めて、それでもそれだけがやっとだった。けれどそれに比べて真貴子は一瞬の間もあけず、いとも簡単に
「ふん」

とうなずいてみせた。

「ふん、てなぁ」

あまりにもあっさりとそう言われて陽一は気抜けしたが、真貴子の方はそんな彼を尻目に、再びあっさりと言ってのけた。

「何とかなるのよ。こういうことは、なるようになるものよ」

「……」

真貴子はあまりにも静かな自分に驚いている。分かっていた結果を見たような、何の感動もない、悲しみも苦しみもなく、かといってすっきりしたのでもなく、奇妙なほどに静かで冷たい心だけを感じていた。陽一の心を確かめることのできないままの

七年間は、彼女にとって長すぎた。曖昧さに苦しみ続けたその長い年月に慣れてしまっている。かえって陽一の愛を語る言葉の方が信じられなかったに違いない。自分のほほをなでる陽一の手の、やわらかい暖かさ、ふたりで迎えた新年、ふたりで横たわって過ごす時間。幸せも不幸も悲しみも感じられなかった。

陽一は陽一で、やっとの思いで放った言葉が想像以上の見事な肩すかしに合い、けれどその後に流れてゆく長い沈黙が真貴子を物語ってゆくようでとても重たかった。

それをはねのけようと

「まー子は」

と口を開く。

「いつも側にいるから……僕も時々そう思うよ」

自分も少しは告白しなければ、彼女ひとりを哀しくピエロに仕立て上げることになると思った。けれどその言葉は、むなしく宙で空回り、かえって沈黙を重くしたようにも思えた。

天井を向いてそう言う陽一を、真貴子はほんの少し見たけれど、そのまま少し上向きに頭を置き直した。

(今の言葉だけで十分)

そう思えたのかもしれない。それが分かっていたのかもしれない。けれどもそれより、なぜかそんな言葉を綴る陽一が哀しく思えてしまった。

陽一は、

「おやすみ」

と言い、目を閉じた。

(終わったのだ)

と自分に言い聞かせながら。

(ほっとしただろう)

と自分に問いかけながら。

「おやすみ」

と返して真貴子も目を閉じた。始めと同じゆるやかさで時が流れていると感じながら。

ふと陽一がクシャミをする。そのクシャミで、真貴子はエンジンを止めた車の中が寒いことに気付いた。

「やっぱり寒いんだ」

真貴子は起きあがって、陽一に上着を掛けて返した。自分が暖かくなった分だけ陽一は寒かっただろうことに心で苦笑いをして。陽一に暖かさを返したことがあまりにもタイミングを得すぎていることに心の中で舌打ちをして。真貴子の上着はずっと真貴子の上にあったことが、あまりにもらしくて少々しゃくにさわった。

真貴子は再び目を閉じた。

（こうなることを本当は知っていたのかな。でも、いっくら考えたって、きっと明るくなるし、皆がお正月騒ぎをしているころには、お利口さんに、にこやかに、ご親戚の方々とお正月の挨拶なんてしてて。良いお嬢さんしてるんだろうなぁ）

不思議なほど普通なままに、涙のこみ上げてくる気配もなくそんなことを考えることができる。

真貴子に上着を掛けられて陽一は暖かさにほっとするものを覚えた。寒い街中から暖かい部屋に帰ってきた安堵に似ているそれが、目を真貴子に向けさせる。そしてこの暖かさが真貴子の体温だと、そう思ってしまったとき、身体が真貴子の方に乗り出した。視界のすべてが真貴子の寝顔に占領される。

(いつもオレのために)

真貴子との七年間が渦巻いた。

(精一杯の穏やかさを保とうとしている)

長い間、オレを想い続け、オレは真貴子をあやふやなままにしていたと、そんなことを考えたとき、その、真貴子の普通の寝顔がたまらなくなった。

(さっきの返事はまー子の血か……)

自分の、そして彼女にして見れば最高にむごい言葉にも、涙も見せず、かえって普通を装い、あっさりかわした彼女が陽一には我慢できなかった。陽一の真実が理性の限界を越した。どんどん身体が真貴子の方へ引き寄せられてゆき、真貴子の寝息が聞こえるところにまで顔を寄せて、とうとう陽一は、そっと、こわごわ、心を止められないままに彼女の肩に手をかけてしまった。

陽一の手を肩に感じた真貴子が驚いて目を開けると、すぐそこに陽一の顔があった。まじめな顔の陽一の鼻先が真貴子の鼻にふれる。

真貴子の心が空白になった。

やがて陽一の唇が真貴子のほほにふれ、彼女は気を失うように目を閉じる。心臓は喉を締め付けるほどに膨れ上がり全身にその鼓動を響きわたらせる。陽一の唇は、額に頬にとその場を求め、そして最後に、真貴子の唇へとどまった。

ふたりの想いが渦を巻いて合流し、竜巻となってすべてを宙へ追放した真空状態の中心に真実だけが残っている。優しく舌をからめ合い、何度も何度も互いを確認するように唇を触れ合わせる。ふたりの心は嘯くのをやめてまっすぐに向かい合い、凝縮された真実の時間に七年間の互いの想いを交錯させ、瞬間を重ねて永遠をつむぎながら、陽一は真貴子の肩をしっかりと抱き、真貴子は陽一の胸に包まれてそのヴィジョンの中に愛をつかむ。長い長い時間、ふたりはキスを重ね、やがて陽一の唇が真貴子の唇から離れたとき、拡散した現実や思考が戻り始めた。陽一のセーターに顔を埋め、真貴子の涙がせきをきってあふれ出す。とめどなく流れ出る涙を止めようと思うことすら、彼女にはもうできなかった。言いたい言葉は心から口へ、そのまま声になって飛び出してしまう。

「どうして？　どうして？　さっき、いい人見つけろって、見つけろって言った、くせに、どうして」

泣きじゃくりながら、陽一のセーターをしっかりと握り、涙はどんどん彼の胸に吸い込まれていく。心に封じ込められていた、真貴子自身ですらも気付かなかった七年間の想いのつらさが涙に全身を揺さぶる。感情に顔をゆがめ、陽一の手を髪に感じて、涙は止まることを知らず、しゃくりあげて、陽一にすっぽり包まれて、真貴子は沈んでゆくのを感じていた。

陽一はどう答えていいのか分からなかった。どれほど残酷なことかは分かり過ぎるほど分かっていても、自分が止められなかった。いっそ抱いてしまいたいほどに。それは男の勝手な行動でも、自分の理性ではもうどうしようもなく、真貴子の心やそれから先のことなどを考えられるほど弱いものでもなかった。彼女の涙と、しゃくり上げる頭の動きと、伝わる心音、全身の震え。何をしても「いい思い出になるね」と真貴子が笑ってくれることが頭をかすめもしなかったと言えば嘘になる。彼女にそんな言葉が言える訳のないことはよく分かっていたはずだった。彼女の強さの本質を一番よく知りながら、それを心の片隅にでも期待していたていた自分が情けない。

（相手は他ならぬオレなんだ）

言葉が頭に渦巻く。しかし、それらは皆、勝手な言い訳にすぎない。

真貴子は、長い声のない世界にほんの少し幸せを期待し始めていた。封じ込められていた本心の真実が、初めて今、幸せを祈り、頭をもたげた。しかしそのとき、沈黙を破って陽一の言葉は放たれた。

「何言っても、言い訳になるかな」

一呼吸おいて陽一は続ける。

「いっつも、まー子とは一定の距離を置いて付き合ってきたけど。今日は、すぐ側にいるんだもん。近すぎた。……答えに、なってないかな」

真貴子は初めて悲しみと落胆を自覚し、思い知らされ、心の奥底の真実部分が崩れ去るのを感じながら、その絶唱の破片が涙となって流れ出した。

陽一は髪をなでる手にさえ罪を感じ、手を止めて、引き裂いた彼女の心を痛いほどに感じた。

やがて真貴子の涙が流れを緩やかにするころになって、陽一もとうとう堪えきれない本心が口を開いてしまった。

「僕、まー子のこと、好きよ」

七年間、本当は一番言ってしまいたかった真実、そして禁句。

その言葉は真貴子を一瞬つんざき、全身を震え上がらせたが、彼女の中で、もうすべては分かっているような気がしていた。その後に来るのは決して順接でなく、逆説の接続詞であるということを、疑いもせず全身が感じ取っていた。けれどその予想通りに陽一の声が綴った。

「でも」

という言葉は、真貴子の心を容赦なく突き刺し、えぐり、かき回し、耐えきれないむごさで鈍く貫きながら次の言葉へと続く。

「つきあえないし」

（どうして？）

そう思っても、もう真貴子の口は動いてはくれなかった。ただ頭の中だけに

（どうして）

が繰り返され、再び涙があふれる。

それ以上の思考はもう無理だった。真貴子も、そして陽一も。

時が緩やかに、抱き合ったままのふたりをのせて流れてゆく。雨音だけの世界に、心を止めたままふたりが横たわっている。

そして、やがて空がぼんやりと白み出すころになって、木々をざわめかせていた風が、やんだ。

「ねぇ、まー子、フフンって笑ってよ」

それが陽一に言える精一杯の言葉だったし、それに応えて涙をぬぐい、顔をひきつらせてほほえんだつもりが真貴子の精一杯だった。

雨のまま、正月元旦の朝を、密閉された車の中、どうにもしようのない空気に、なんでもない、けれど大きな事実と真実と、七年間の歳月を渦巻かせて迎えた。たった

二時間の、けれどとてつもなく長い夜明け前を越して。

（著者近影）

塩野浩子（しおの・ひろこ）
1960 年 横浜生まれ。神戸育ち、大阪在住。

誰にも似ていないこの文体に対し、読む者も抱きしめ方が判らないような焦燥を覚える。観念や立場ではなく、ありのままの欲望、ありのままの迷い、加工されていない自己矛盾が、あらゆるパターンを無視して表現される。現在を生きながら疾走する一人の女性のリアルな言葉と行為として。
イラストを提供された左海利久さんが、帯の中にそっと置いた「私はこれからどうするのだろう。」の一行は、拡張し収縮する内面世界にも確かな中心があることを教えてくれる。――吉田光夫（評論家）

歪《ひずみ》　神戸198X

2015 年 1 月 21 日　初版第 1 刷発行
著　者　　塩野 浩子
発行所　　株式会社 牧歌舎
　　　　　〒 664-0858 兵庫県伊丹市西台 1-6-13 伊丹コアビル 3F
　　　　　TEL.072-785-7240　FAX.072-785-7340
　　　　　http://bokkasha.com　代表：竹林 哲己
発売元　　株式会社 星雲社
　　　　　〒 112-0012 東京都文京区大塚 3-21-10
　　　　　TEL.03-3947-1021　FAX.03-3947-1617
印刷・製本　中央精版印刷株式会社

ISBN 978-4-434-29253-7 C0093